加藤実秋

さくらだもん！

警視庁窓際捜査班

実業之日本社

実業之日本社文庫

目次

さくらだもん！ 警視庁窓際捜査班

Sakuradamon! 主な登場人物

〈総務部業務管理課〉

秋津さん

さくらちゃんの先輩兼相棒。ちょっとアンニュイな年齢不詳の美魔女。言動が微妙に昭和・バブル臭い。

〈総務部業務管理課〉

久米川さくら

主人公。定時退社をモットーとする警察事務職員。ドジで腹黒……だけどそのひらめきで難事件を解決に導く!?

〈刑事部捜査第一課〉

元加治くん

さくらちゃんのもとへ事件を持ち込んでくるエリート刑事。童顔がコンプレックスで、常に三つ揃いを着用している。

〈総務部業務管理課〉

正丸さん

さくらちゃんの上司。小太りで色白美肌な「男おばさん」。妻・娘による手作りのアームカバーがトレードマーク。

本文デザイン／西村弘美
本文イラスト／ほんわ

第一話

密室だよ さくらちゃん

Sakuradamon!

1

警視庁、通称・桜田門《さくらだもん》。

その日の朝。十七階建て庁舎最上階の大会議室には、大勢の職員が集まっていた。

「『警視庁体操』、はじめ！」

天井のスピーカーから滑舌のいい男性の声が流れ、明るい、というより能天気なピアノのメロディーが続く。それに合わせ、楕円形《だえんけい》の大きなテーブルの前に立つ三十人ほどの中年男性が腰に両手を当て、リズムを取るように両足の踵《かかと》を浮かせたり下ろしたりする。全員白ワイシャツにネクタイ、スラックスに黒革靴という格好で、無言無表情だ。

「まず、上半身を伸ばす運動。足を肩幅に開いて両腕を高く上げ、胸を張って……はい、後ろにそら～す」

衣擦《きぬず》れの音とともに、男性たちが腕を上げて体を反らせる。運動不足の人も多いのか、あちこちからポキッ、パキッと関節が鳴る音も聞こえた。

テーブルにセットされた椅子《いす》には、男性たちが脱いだダークスーツや濃紺の制服のジャケットがかけられている。スーツは揃《そろ》って仕立てがよく、制服は袖の部分に警部補以上の幹部であることを示す、金のラインが入っていた。

「続いて、首を回し膝《ひざ》を曲げ伸ばしする運動。腰に両手を当て、首を左から右へ。さあ、ぐる～り。一緒に膝も曲げて……そう、のば～す」

男性の声とメロディーに合わせ、男性たちは体操を続ける。後ろの壁際にも二十人ほどの男女がいて、同じように黙々と体を動かしていた。事務方の職員たちで、どちらもトップスは濃紺のジャケットに白いシャツ、ボトムスは男性はスラックス、女性は膝丈のスカートだ。警察官の制服と似ているが、ボタンが金でないなど、細部のデザインが異なる。

その中に、久米川《くめがわ》さくらもいた。室内に漂う、しらけて間の抜けた空気を感じながら、出入口に近い壁際で所属する総務部業務管理課の上司である正丸《しょうまる》、先輩の秋津《あきつ》とともに腰に手を当て、首を回して膝を曲げ伸ばししている。

「これって昔からあるらしいですけど、曲の感じといい、明らかに『ラジオ体操』のパクりですよね？」

あくび混じりに隣の秋津に訊《たず》ね、反対側の隣にいる正丸に「し〜っ！」と注意される。口をつぐみさらに首を回そうとしたが、勢いをつけすぎて長くボリュームのある髪の先を、正丸の顔面に打ちつけてしまう。慌てて、鼻を押さえて苦痛を訴える正丸に謝罪し、説教されているうちに、男性の声とメロディーがやんだ。

「『体力強化月間』の一環、就業前の『警視庁体操』へのご協力、ありがとうございました。ではこれより、会議を始めさせていただきます」

司会の男性がマイクを手に告げ、テーブルの前の男性たちはジャケットを着て椅子に座った。事務方の職員たちもジャケットを着て、テーブルに資料を配ったり、パソコンを操作して壁のプロジェクタースクリーンに映し出す映像の準備を始めたりする。

さくらは一度退室し、ステンレスの大きなトレーを抱え会議室に戻った。トレーの上にぎっしり並んでいるのは、湯気の立つコーヒー。どれもカップは使い捨てのプラスチックのものだが、中身はブラック、砂糖あり、ミルクあり、ミルクと砂糖あり、濃いめ、薄め、熱々、ぬるめと様々だ。お偉方一人一人の好みを熟知した秘書課の女性職員たちが淹《い》れたものだが、「腕が太くなるから配るのはパス」「力仕事は慣れてるでしょ」と押しつけられてしまった。

重たい上に安定の悪いトレーに苦労しながら、さくらは、ぽっちゃりめの体でよろよろとカーペット敷きのフロアを進んだ。テーブルの男性たちは司会の男性の話を聞き、資料に視線を走らせていた。議題が殺人事件なので、一様に厳しい表情で空気も張りつめている。

腕の疲れが限界に達したので、テーブルの端にそっとトレーを置いた。秘書課の女性には、「席次とカップの並び順を合わせてあるから。必ず手前のものから出していくように」と言われている。

肩を回したり指を曲げ伸ばしたりしてから、さくらは改めてトレーを抱え上げた。

「失礼します」

上座の中年男性に斜め後ろから声をかけ、片腕でトレーを支え、もう片方の手で一番手前のカップを取ってテーブルに置いた。続いて隣、そのまた隣、とカップを配っていく。エアコンで喉《のど》が渇いていたのか、男性たちは次々とコーヒーを口に運んだ。

「熱っ！」

上座の男性が、てっぺんが薄くなった頭をびくりと揺らし、さくらを振り返った。

「俺はネコ舌なんだぞ。ぬるめに淹れるように、と言ってるじゃないか！」

「す、すみません」

「苦っ！　なんでこんなに濃いんだ」

「甘っ！　おい、砂糖が入ってるぞ」

隣、そのまた隣からも声が上がった。何ごとかと、周りの人が振り向く。

「ごめんなさい！　……なんで？　ちゃんと並び順に配ったのに」

焦りが胸に押し寄せ、さくらはトレーを見下ろした。とたんにカップが移動し、重心が傾く。

バランスを取ろうと、慌ててトレーを逆方向に引いた。しかし力が強すぎたのかトレーは大きく傾き、さくらも転びそうになる。

「うそ！」

足を踏ん張りトレーを抱え込もうとした努力もむなしく、カップは湯気と香ばしいかおりを振りまきながら、次々と落下していった。

2

「――はい。重々言って聞かせますので。失礼致します。どうも」

ぺこぺこと頭を下げながら、正丸は後ずさりした。隣のさくらも倣《なら》い、二人で総務部長室から廊下に出た。ドアを閉め、同時に肩の力を抜いて息をつく。

「まずいよ。何度も『気をつけて』って言ったじゃない」

顔を上げ、正丸は黒々とした太い眉《まゆ》を寄せた。

小柄小太りの体を制服の上下に包み、歳《とし》は五十過ぎなのに色白美肌。肉付きのいい頬《ほお》は、うっすらピンクだ。

「すみません。トレーを持ち直した時に、向きを逆にしちゃったみたいで」

「ほら。僕らは、ただでさえ厄介者でしょ。ますます居場所がなくなったら、どうするの」

ドアを振り向きながら、正丸がグチった。「ほら」と言う時には、こちらの肩を叩《たた》くように手のひらを上下させる。

俯《うつむ》き、さくらが恐縮していると、廊下をヒールの音が近づいて来た。同時に押し寄せる、ジャコウ系の香水のかおり。

「久米川。大丈夫？」

さくらと同じ制服を身にまとったスタイル抜群の美女、秋津だ。

「大丈夫どころか、総務部長はカンカンだよ。あの人、血圧高いし、脳卒中とか起こされたらどうしようって、気が気じゃなくてさ」

答えたのは正丸。後半は声を小さくして、立てた手のひらを口の脇に添える。

体つきとクセが強くボリュームのある髪が相まって、どこか「おばさん」ぽいが、これでも業務管理課の課長だ。

「でも、ケガ人が出なかっただけ、ね？」

「ね？」でさくらに流し目を送り、秋津は額に斜めに下ろした前髪を掻《か》き上げた。艶《つや》やかな茶髪ロングの巻き髪に、隙《すき》のないメイク。年齢不詳のいわゆる「美魔女」だが、なぜか常に物憂げで、首を約十度傾けている。

「本当にすみません。二度としません……ところで、総務部長はネコを飼い始めたみたいですね。スーツに毛がついてました」

「ホント？　気づかなかったよ。部長って、官舎住まいでしょ」

「東京・目黒《めぐろ》区内の幹部用官舎在住。家族は五十二歳の妻と、中学二年生の息子」

正丸の問いかけに秋津が返す。遠くを見るような目をしながら、早口の即答だ。

「だよね。でも官舎って、ペット禁止なはずじゃ」

「だから、ネコを飼ってるお友だちができたんでしょう。出勤前のひとときを、共に過ごすような」

「え～？　まさか。隠れて飼ってるんじゃないの？」

騒ぐ正丸を、口の前で人差し指を立てるというベタなポーズで黙らせ、さくらは続けた。

「課長。私が用意するので、総務部長にエチケットブラシをプレゼントして下さい。意味深な、『わかってますよ』的なニュアンスで。お友だちにしろ隠れ飼いにしろ、しばらくは、うるさいこと言われずに済むはず」

知らず頬が緩み、ぐふふ、と笑いも漏れる。身を引き、正丸が非難がましい目でさくらを見た。

「説教されながら、そんなこと考えてたの？　よく見てる、っていうか……久米川さん、なにげに下世話で邪悪だよね」

「むしろ、腹黒？」

首をさらに大きく傾け、半疑問形で秋津も言う。

「ひど〜い！　目に入っちゃうんだから、仕方がないじゃないですか」

「ま、それはそれとして、仕事。会議室に戻らないと」

エレベーターの方を指し、正丸は歩きだした。濃い紫の地にラメをちりばめたジェルネイルで飾られた指の先で前髪を梳《す》きつつ秋津も続き、さくらも追おうとした。

「ちょっと待った」

三人の前に、立ちはだかるように男性が現れた。歳は二十代半ば。黒髪を短く刈り込んでいる。

「元加治《もとかじ》くん。なにしてるの？」

問いかけたさくらを見返し、元加治は鼻を鳴らし小さく嗤《わら》った。

「それはこっちの台詞《せりふ》。またドジを踏んだんだって？『わざと？』ってぐらいの確率だな」

「なによ。そっちこそ、また似合わない服着て」

「どこがだよ⁉　警視総監もお気に入りっていう、銀座のテーラーで仕立てたんだぜ」

ダークスーツのジャケットの衿《えり》をつまみ、反論する。

くっきり二重の大きな目に小さな鼻、ぽってりとした唇は庁内の女性職員の間で、「かわいい」「アイドルみたい」と人気だ。だが本人はコンプレックスらしく、一年中三つ揃いのスーツを着て、ベストのポケットとフロントボタンの間に懐中時計のチェーンを垂らし、「渋さ」と「ダンディ」をアピールしている。しかし小柄で痩《や》せ形なので、さくらには「コスプレ」または「老けた七五三」にしか見えない。

「まあまあ、久米川さん。いくら同期入庁だからって、元加治さんは東大出のキャリア、しかも捜査一課のエリート刑事なんだから……例の殺人事件で大忙しでしょう？　いま上でも、捜査会議をしてますよ」

笑顔で割って入り、正丸は立てた親指で天井を指した。頷《うなず》き、元加治が答える。

「ええ。被害者の親が親だからマスコミも騒いで、みんなピリピリしてます。早くなんとかしないと……秋津さん、どうも」

わざわざ身を乗り出し、右手の中指と人差し指を立てて額の横にかざすという、「渋い」ではなく「古い」ジェスチャーつきで挨拶をする。元加治がアイドルなら、秋津は庁内の男性職員のマドンナだ。

ちらりと、秋津は首を傾けたまま元加治に視線を向けた。

た。


「ＹＯＵ《ユー》、さくっと解決しちゃいなよ」

「わかってますよ！　てか、なんで某芸能事務所の社長の真似《まね》なんですか」

元加治が突っ込み、さくらと正丸は噴き出す。気だるげに、秋津は前髪を掻き上げた。

「ごめん。その顔を見ると、やりたくなっちゃうの」

「顔の話はしないで下さい……おっと、聞き込みに行かなきゃ」

懐中時計を覗《のぞ》き、元加治がさくらに茶封筒を差し出す。

「なにこれ」

「捜査資料。うちの課長に『読み直して手がかりを探せ』って言われたんだけど、全部頭に入ってるし。代わりにお前が読んで、ちょっとでも役に立てることを考えろ。どうせ無理だろうけど、またドジを踏んで会議をめちゃくちゃにされるよりいいからな」

「なによ。人をバカにして」

「はい、口答えしない。元加治さんの気遣いだよ。ありがたく、やらせていただきなさい。てなことで久米川さん、あとよろしく」

割って入って話をまとめ、正丸は身を翻して歩きだした。

「ま、せいぜいがんばって」

薄笑いで元加治も続く。肩を怒らせ両手をパンツのポケットに入れるという格好で、またもや「渋さ」アピールをしているが、もともとなで肩なのでいまいち決まらない。ヒールの音を響かせ、スローな歩運びで秋津もその場を離れた。

「じゃあね」

「えっ、ちょっと」

残されたさくらはうろたえたが、三人は歩き去った。仕方なく、封筒を抱え反対方向に足を踏み出した。

3

いくつか角を曲がり、奥へ奥へと進むうちに廊下は狭く薄暗くなり、すれ違う人も減っていった。やがて突き当たりが近づき、手前にドアが一つ見えてくる。

ドアを開け、さくらは部屋に入った。壁のスイッチを押すと蛍光灯が点《とも》り、広いスペースの手前に並んだ三つのスチール机と椅子、壁際の書類棚、デジタル複合機を照らす。奥には大量の段ボール箱と古い机、壊れた椅子、埃《ほこり》まみれのピーポくんのぬいぐるみ等々が、突き当たりの窓を覆うようにして、積み上げられている。

廊下よりさらに薄暗く、埃っぽく、ちょっとカビ臭い。それでも庁舎十階のこの部屋が、さくらの職場、業務管理課だ。

当然ながら窓際部署で、仕事と言えばお茶くみに書類整理、掃除、着ぐるみショーのエキストラ。要は雑用係で、他部署で人手が足りなくなったり、誰もやりたがらない仕事ができると呼び出される。

椅子を引き、自分の席に着いた。しばらくスマホを弄《いじ》ったり、机上のパソコンでメールチェックをしたりしたが、すぐに手持ちぶさたになり、いやいや元加治に渡された茶封筒を開いた。出てきたのはホチキスで綴《と》じられた五、六枚の書類と、「現場写真」とラベルが貼《は》られたデータディスク。

「『ちょっとでも役に立てること』ってなによ。私は『警察事務職員』で、『警察官』じゃないのに」

ぶつくさ言い、指先で髪の毛を弄《もてあそ》びながら書類を読み始めた。

事件が起きたのは、先週の火曜日。現場は東京都世田谷《せたがや》区奥沢《おくさわ》九丁目の住宅で、被害者はこの家に住む男性、八坂弘弥《やさかひろや》さん。二十六歳・無職。

午後三時過ぎ。家政婦の女性が二階でドスンという音がしたので弘弥さんの部屋のドアをノックしたところ、中からうめき声が聞こえたため、119番に通報。救急隊員が駆けつけたが死亡が確認され、所轄署員が出動した。

検視の結果、死因は胃の内容物から検出された、有機リン系の極めて強い毒物と判明。事件事故の両面から捜査が開始されたが、弘弥さんは大学中退後職に就かず、自分の部屋でネットやゲームばかりしている、いわゆる「引きこもり」生活者。ここ三ヶ月ほどは一度も外に出ず、食事はケータリングで、届くと家政婦に部屋の前まで運ばせ、トイレと風呂は家族の外出中または夜中に済ませ、買い物はネット通販、これまた届くと家政婦に運ばせていたという。事件当日も朝から一歩も部屋を出ず、来客もなかった。部屋のドアと窓は施錠されており、侵入者の形跡もない。

「いわゆる『密室殺人』ってやつ？　ホントにあるんだ」

驚いて、さらに書類を読み進める。

弘弥さんの父親・敦弥《あつや》さん、六十一歳は「太平党」所属で、大臣経験もある代議士。

母親の千賀子《ちかこ》さん、五十七歳は料理研究家で料理教室「クッキングスタジオ ＣＨＩＫＡ」を主宰、雑誌やテレビにも頻繁に顔を出している。他《ほか》に三つ年上で大手電機メーカー「帝都電機」勤務の姉・真夕《まゆ》さんがいるが、家を出て、婚約者で大手日用品メーカー「ハートプロダクツ」勤務の男性と同居中だ。

事件当時、敦弥さんは朝から千代田《ちよだ》区の党本部で会議に出席しており、千賀子さんも港《みなと》区のテレビ局で生放送に出演中。加えて真夕さんは、所属するカスタマーサービス部署の仕事で、前日から長野県の工場に出張中だった。家政婦は在宅していたが、働き始めたばかりで弘弥さんの顔を見たこともなかった。

弘弥さんは無口で内気な性格で、引きこもりが始まってからも暴力などはふるわなかったが、敦弥さんと千賀子さんは度々生活を改めるよう諭《さと》し、真夕さんが見つけてきた医者やカウンセラーなどにも会わせた。しかし効果はなく、最近はお手上げ状態だったという。

「ふうん。家族には動機がなくもないけど完璧《かんぺき》なアリバイがあって、アリバイのない家政婦さんには動機がない、ってことね。引きこもりじゃ、トラブルの原因になる友だちや恋人もいないだろうし、『実は自殺でした』ってオチなんじゃないの？」

突っ込みつつ続きを流し読みしていたが、途中で目が止まった。

事件当日。弘弥さんにはたくさんの宅配便が届いていた。ゲームやアニメキャラクターのフィギュアやぬいぐるみ、抱き枕、Tシャツ、栄養ドリンクやサプリメントなどで、差出人は全員男性。住所はバラバラで、海外からのものもあった。弘弥さんはオンラインゲームのプレイヤーで腕もよく、同好の士の間では有名人だったようだ。事件の数日前にはあるゲームで最高得点を叩き出し、届いたのは祝いの品らしい。

「それはそれで楽しくやってたみたいだし、自殺はしないか――あ、『胃の内容物には、当日被害者がケータリングしたピザやスナック菓子の他、宅配便で届いた栄養ドリンク、サプリメントもあった。ピザ店等の店員と宅配便の送り主を重点的に捜査中だが、毒物の混入経路は不明で容疑者も浮かばず。また、毒物は事件現場からも検出されていない』だって。なにそれ。訳わかんないけど、こわ～い」

身をすくめながらも、好奇心を刺激される。手を伸ばしてデータディスクを取り、パソコンにセットした。

きゅるきゅると起動音がして、液晶ディスプレイの画面にファイルのアイコンが現れた。マウスをつかんでアイコンをクリックすると、サムネイルが表示された。一つを選び、画面に開く。

フローリングの床に黒革の椅子が転がり、脇に男性が横向きに倒れていた。弘弥さんだ。でっぷりと太った体に黒いスウェットの上下を着て、さくらの推測では髪は半年、ヒゲは一週間は手入れをしていない。青白い顔は苦痛にゆがみ、目と口は開いている。目の脇には、黒いプラスチックフレームのメガネが転がり、口の下の床には、血液の混じった嘔吐物《おうとぶつ》があった。

「ひ〜。勘弁してよ」

仕事柄遺体の写真は何度か見ているが、直視できず俯いてしまう。でも、合掌一礼だけはきちんとした。

写真を閉じ、遺体が写っていないものを選んで画面に開いた。室内を撮影したカットで、壁際のワイヤーシェルフにはゲーム機器やソフト、フィギュア、アニメのDVD、コミック本などが雑然と詰め込まれている。さくらの部屋も友だちに、「泥棒が入ってもわからないかも」と言われる有様なので、親近感を覚える。

しかし視線を壁際中央に移すと、印象が変わった。

大きな木の机の上にあるのは、扇形に並んだ黒い液晶ディスプレイが三台とキーボード、マウス、真紅のノートパソコンが一台。画面の下端には、転がった黒革の椅子の一部分が写り込んでいるので、この机でゲームをしている最中に、弘弥さんは亡くなったのだろう。パソコン類に脂や指紋の跡はついておらず、ゴミや埃も見当たらない。また机の脇にはサイドテーブルがあり、宅配ピザの箱とスナック菓子の袋、ソフトドリンクのペットボトルが並んでいた。

「なるほど。ゲームをしながら飲み食いできるものばっかり選ぶと、こうなるんだ」

感心して、テーブルの上の品に見入った。食べこぼしはなく、ピザの箱などパッケージに至るまできれいだった。端には特大サイズのウエットティッシュのボトルも載っているので、飲食中はいちいち指やテーブルまわりの汚れを拭《ぬぐ》ってから、パソコンに触れていたのだろう。弘弥さんにとって机とその周辺は、「聖域」だったということか。

ふと、棚の前に置かれた段ボール箱に気づいた。前面に見覚えのあるブランドロゴと、「TEITO ELECTRONICS」の文字が印刷されている。形とサイズからしてノートパソコンの箱で、開封済みだ。改めて机上のノートパソコンとマウスを見ると、ピカピカの新品だった。

マウスを手放し、さくらは再び書類を捲《めく》った。

押収品のリストにノートパソコンもあり、「帝都電機の新製品。コンピュータゲームの操作に特化したモデルで、通称『ゲームパソコン』『ゲーミングノート』と呼ばれる。定価・四十七万九千八百円。事件が起きた日の朝、被害者宛に宅配便で届く」と記されていた。

「これも事件の日に届いたの？　帝都電機って確か――あ、でも『被害者が発売日に、メーカーの直販サイトで購入したもの』ってある。自分で買ったのなら、問題ないか。にしても、四十七万円って、高っ！　親のすねかじりの分際で……羨《うらや》ましいじゃない！」

顎《あご》を上げ、天井にわめく。だが、返ってきたのはエアコンが温風を吹き出す音と、蛍光灯が鳴るジーッという音だけだった。

4

ぽんぽんと肩を叩かれ、さくらは目を覚ました。顔を上げると秋津がいた。

「ヨダレ。書類の跡も」

自分の口と頰を指して告げ、椅子を引いて向かいの席に着く。

あくびをしながら、さくらは片手で口を拭い、もう片方の手で頰についた筋をさすった。昼食を摂《と》った後も事件についてあれこれ調べ考えていたが、いつの間にか机に突っ伏して寝てしまったらしい。パソコンの時計を見ると、間もなく午後三時になろうとしている。

「お疲れ様です。会議は終わったんですか？」

「ちょっと前に終わったよ。コーヒーの件で、秘書課の人たちにたっぷり嫌味を言われたうえ、しっかりこき使われたけどね」

うんざり顔で振り向き、正丸がぼやく。ドア脇の棚の前で、お茶を淹れている。ジャケットを脱いだワイシャツ姿で、腕には生地に日本一有名なネコに似たファンシーキャラクターのイラストがプリントされた、アームカバーをはめている。

「はあ。すみません」

「で、『役に立てること』は見つかった？」

ぼんやりしているさくらに、スマホを手に秋津が問う。椅子に寄りかかり、どうでもよさげな口調だが、スマホの画面を操作する指の動きは異常に速い。

首を横に振り、さくらはシワだらけになった書類を撫《な》でた。

「全然。でも、そう言うとまた元加治くんにバカにされそうだし、せめて書類か写真のミスでも指摘してやろうと思って、何度も見直したんですけど」

「僕らも資料と写真は見たよ。ほら、でも現場は密室で、外部からの侵入者はなし。家族には完璧なアリバイがあって、他に容疑者は浮かばず、でしょ？　こりゃ難事件だよ。『早く解決しろ』って被害者の父親と党関係者からせっつかれてるらしいけど、お偉方も頭を抱えてる」

肩を叩く仕草を含め、落ち着きなく体を動かしながら正丸が捲《まく》し立てる。湯飲み茶《ぢゃ》碗《わん》にお茶を注《つ》ぎながら急須を上下させるのが、なんともおばさん臭い。

「ええ。でも、なんか引っかかるんですよね。大事なことを見逃してる気がする、っていうか。食べ物の毒が死因なのは、確かなんですよね……被害者の親が腕利きの殺し屋を雇って、とかないですかねえ。ＶＩＰでセレブ、選挙も近いし、引きこもりニートの息子が、うとましくなったとか」

「それはない。八坂は無愛想だけど、根は子煩悩で優しい男《ひと》」

きっぱりと、秋津が言う。

「そうなんですか。よく知ってますね」

「むかし……ね」

手を止めて顔を上げ、呟《つぶや》いた。切れ長の目はどこか遠くを見ている。それ以上追及するのがはばかられ、さくらは「なるほど」とだけ返した。

しかし、あながち間違っていないかもしれない。

気になって、昼食の後パソコンで八坂敦弥さんと千賀子さんについて検索した。週刊誌の記事や匿名掲示板などで、黒い噂《うわさ》や悪口はたくさん見つかったが、息子に結びつきそうな情報はなかった。

「ま、いいじゃない。一生懸命やったんだし、久米川さんの場合、なんにもしないで寝てるのが一番役に立つ、って気もするし」

能天気な声とともに後ろから正丸の手が伸びてきて、さくらの机に湯飲みを置いた。抗議すべく振り向くと、目の前に四角い紙箱を差し出された。プラスチックの仕切り容器の上に、一口サイズの饅頭《まんじゅう》が並んでいる。

「わあ、おいしそう」

「本日のおやつ、温泉饅頭です……こないだ、町内会のバス旅行で草津《くさつ》に行ってさ」

調子よく喋《しゃべ》りながら自分でも饅頭をつまみ、頬張る。さくらも倣い、饅頭を丸ごと一個口に放り込んだ。

「苦っ！」

声を上げ、腰も浮かせた。慌てて湯飲み茶碗をつかみ、口の中のものを飲み下そうとしたが、お茶が高温でまた声を上げてしまう。

「熱っ！……課長。このお饅頭、苦いですよ」

「えっ、そお？ 僕はなんともないよ。秋津さんは？」

口を動かしながら、箱を向かいに差し出す。ほっそりとした指で饅頭をつまみ、秋津も食べる。ちびちびとお茶を飲みながら、さくらが見守っていると、

「こしあんね」

と無表情にコメントし、箱に続いて正丸が差し出した湯飲み茶碗を受け取った。

「えっ、なんで？ 一個だけ、たまたま？」

焦って二個目を頬張ってみたが、結果は同じだった。皮の表面が苦いようだ。

箱を手にしたまま、正丸は首を傾《かし》げた。

「舌がおかしいのかもよ。拾い食いとか、してない？」

「してませんよ！」

「舌じゃなきゃ、指？」

前髪と立ち上る湯気越しにさくらを見上げ、秋津がお茶をすする。

「なにか付いてるってことですか？　……本当だ。にが～い」

指先を少し舐《な》めただけなのに、饅頭の何倍も苦い。さくらの表情につられ、正丸も眉間《みけん》にシワを寄せて舌を出した。

「でも、おかしいですよ。昼ご飯を食べた時に手を洗ったし、その後はずっとここにいたのに」

片手を眺め、もう片方の手で机を指して訴える。すると、正丸が動いた。

「あ、ひょっとして」

言いながらさくらと秋津の机の脇に、二人の横顔を見るかたちで置かれた自分の机に歩み寄り、箱を下ろした。代わりになにかを持ち上げ、さくらに見せる。

「原因はこれかも」

正丸と家族の写真が収められた、木枠のフォトフレームだ。

みんな笑顔で幸せそうだが、正丸と小学生の娘二人だけでなく、妻まで顔と体つきがそっくりなのは、どういうことか。娘たちは肩に色柄違いの、日本一有名なネコに似たキャラクターのトートバッグを下げていた。

「ひょっとして、娘さんのバッグと課長のアームカバーは奥様の手作り?」

気づいて訊ねると、正丸は頰を緩めた。

「そうそう、そうなんだよ。うちのが、『アームカバーはパパのトレードマークだし、お揃いにしちゃおう』って言うからさ。ちょっとどうなの? と思ったんだけど、娘たちにも『かわいい!』って好評で」

「うん、かわいい。似合う似合う」

さくらも笑顔を返したが、アームカバーは配色と柄合わせが適当で、明らかに余り布をつなぎ合わせて作ったものだ。

「で、なんの話だっけ? ……ああ、苦い原因ね。今朝、久米川さんたちが来る前にフォトフレームをきれいにしたんだよ。ついでに机の掃除を始めたら止まらなくなって、二人のもやっちゃった」

言いながらフォトフレームを置き、今度はプラスチックのスプレーボトルと雑巾《ぞうきん》を持ち上げた。ボトルには、「住まいの洗剤　ハイパワーピッカリン」と書かれたラベルが貼られている。

「それはご親切に——じゃなくて、先に言って下さいよ。ひょっとして、パソコンも磨いたんですか？　大丈夫かなあ。確か、専用の洗剤を使わなきゃいけないんじゃ」

グチって自分の机を振り向いたが、なにか引っかかる。知らず手が伸び、胸の前に垂らした髪の先をつまんだ。人差し指を動かし、くるくると髪を巻きつける。子どもの頃からのクセで、考えごとをしたり集中したりすると、やってしまう。

ふいに頭の中でぱっ、と光が弾けた。続いて、さっき見た写真と書類の文字がフラッシュバックする。

真新しいノートパソコンとマウス。サイドテーブルに載った宅配ピザの箱やスナック菓子、ウエットティッシュのボトル。「毒物の混入経路は不明で容疑者も浮かばず。また、毒物は事件現場からも検出されていない」……。

「よし、わかった！」

気がつくと右手を左の手のひらに当て、空手チョップのように上下に振るというポーズを取っていた。ボトルと雑巾を持ったまま、正丸が反応する。

「それ、知ってる。なんの台詞だっけ」

「映画『犬神《いぬがみ》家の一族』の、橘《たちばな》警察署長。演者《えんじゃ》は加藤武《かとうたけし》」

お茶をすすりながら、秋津が早口で即答する。

「あ〜、そうそう。懐かしいねえ」

呑気《のんき》にやり取りする二人に背中を向け、さくらは大急ぎでポケットからスマホを出して構えた。

5

二時間後。さくらは庁舎十階の廊下を歩いていた。

他部署への届け物を済ませ、廊下を戻る。エレベーターホールにさしかかった時、チャイムが鳴ってドアが開いた。

「ちょうどよかった。業務管理課に行こうと思ってたんだ」

エレベーターを降りて来たのは、元加治だった。

「どうだった?」

立ち止まって、さくらは訊ねた。小柄な元加治よりさらに小さいので、見上げる格好になる。

「お前の言うとおり。八坂弘弥さんの死因は、ノートパソコンのキーボードとマウスに塗られた毒だったよ」

「やっぱり！　じゃあ犯人は」

「八坂真夕、弘弥さんの姉だ。本人は否認してるけど、婚約者をつついたら、うろたえて話しだした。婚約者の実家は地方の旧家で、三ヶ月ぐらい前に弘弥さんの存在を知って、『結婚は許さない』と言いだしたそうだ。婚約者は実家の言いなりで、はじめは拒絶してた真夕も、『薬をくれたら婚約解消を承諾する』と答えたらしい」

「薬って？」

「婚約者はハートプロダクツで殺虫剤の研究開発をしてるんだけど、一年前、研究中に偶然、極めて強い毒物を作ってしまったんだ。環境条件に左右されずに毒性を保持し、食品や皮膚に付着しやすく、経口摂取ではほんのわずかな量で数分後に死に至る。真夕はそれを知っていて、犯行を思いついたんだろう。結婚願望が強くて前から何度か見合いをしたけど、弘弥さんが原因で断られたりしてたらしい。やっと婚約までこぎ着けたのにまた台無しにされて、『弟さえいなければ』と思い詰めたんだろうな」

ため息をつき、右手の親指と人差し指を立てて顎に当てる。「『渋い』じゃなく、『ウザい』から」と言ってやりたいところだが、話の先が気になる。

「でも、どうやってパソコンに毒を塗ったの？」

「真夕は、帝都電機のカスタマーサービスの部署で働いてる、って書類にあったろ？ゲームパソコンが発売されると聞いて、『弟は必ず買う。しかも、色とデザインの限定モデルが入手できるメーカー直販サイトを利用するはず』と予測したんだろうな。仕事柄、直販サイトの注文データはチェックできるし、どの個体がいつ送られるかの確認も可能だ。で、口実を作って長野の工場に出張し、隙を見てキーボードとマウスに毒を塗ったんだろう」

「なるほどね。なにも知らない弘弥さんは届いたパソコンを使い、食べ物と一緒に毒物を摂ってしまった。家族なら、弘弥さんの食事はパソコンを弄りながら、ピザやスナック菓子を素手で、って知ってるものね。しかも、食べた後にはウエットティッシュで指やテーブル、食べ物のパッケージをきれいにする習慣があるから、別の場所に毒物は付着せず、検出されない」

「ああ。もっと早く、パソコンを調べていればな。しかし、注文データの閲覧履歴や出張中の行動を洗えば、動かぬ証拠が見つかるはずだ。真夕が自供するのも、時間の問題だろう」

「かもね」

「それにしてもお前、すごいな。電話をもらった時は、『あり得ないだろ。でも一応調べておくか』程度だったんだけどな」

「別に。『やれ』って言われたから、やっただけだし」

肩をすくめ、髪の毛を弄りながら答えた時、頭上のスピーカーから、午後五時を告げるチャイムが流れた。とたんに、さくらはそわそわし始め、廊下の奥を覗《のぞ》きながら元加治に告げた。

「とにかく事件が解決しそうで、よかったじゃない。わざわざ知らせてくれて、ありがとう」

「いや、本題はこれから。どうせなにも見つからないと思ったし、お前の名前を出さずに『ちょっと気になるから』って、パソコンを調べてもらったんだ。それがこんなことになって、お偉いさんたちは大喜びでさ。『直々《じきじき》にねぎらいたい』って、刑事部長に呼ばれてるんだよ」

後半は声をひそめ、周囲を気にしながら告げる。あっさりと、さくらは返した。

「ふうん。よかったじゃない」

「よくねえよ！　俺と一緒に来てくれ。刑事部長に本当のことを話すんだ」

眉を寄せて言い、元加治が腕を伸ばしてきた。身を引いてよけ、さくらは首を横に振った。

「え〜、やだ。面倒臭そうだし、出世欲とか上昇志向とかないから。そもそも、もう五時だもん。私、定時で帰る主義なの」

「そういう問題じゃねえだろ！」

元加治がわめいた直後、またチャイムが鳴ってエレベーターのドアが開いた。

「なんだ。元加治くん、こんな所にいたの？　探したよ」

満面の笑みで降りて来たのは、白髪頭に銀縁メガネで制服を着た男性。捜査一課長だ。

「すみません。でもあの」

「部長がお待ちかねなんだから。行くよ」

「ち、ちょっと待って下さい。課長、実は」

「いいからいいから」

うろたえる元加治を遮って肩をがっちり抱き、課長はエレベーターに戻って行く。

さくらの姿は、目に入っていない様子だ。

「じゃ、私はこれで。失礼します」

二人に一礼し、さくらは歩きだした。

「おい、行くな。待てって！」

課長に引き留められながらも騒ぎ、身を乗り出す元加治の鼻先でドアがぴしゃりと閉まり、エレベーターは動きだした。

「お疲れ様で〜す」

笑顔で肩越しにひらひらと手を振り、さくらは廊下を歩いて行った。

第二話

不祥事発生！さくらちゃん

Sakuradamon!

1

「被害者のご冥福をお祈り致しますとともに、深くお詫《わ》び申し上げる次第でございます」

マイクが並んだ長机の前に立つ中年男性が深々と一礼し、左右の男性たちも倣《なら》った。全員ダークスーツ姿で、頬《ほお》は強《こわ》ばっているが眼差《まなざ》しはどこか虚《うつ》ろ。待ち構えていたように、長机の向こうでカメラのフラッシュが焚《た》かれた。

手にしたスマホの画面を眺め、久米川《くめがわ》さくらは言った。

「あ〜あ。やっちゃいましたねえ」

「やっちゃったねえ」

さくらの肩越しに画面を覗《のぞ》きながら、正丸《しょうまる》がため息をつく。画面の男性たちは頭を下げたまま。フラッシュの瞬きも続き、そこにアナウンサーと思《おぼ》しき男性のナレーションが重なる。

ふと気づき、さくらは画面に目をこらした。

「あれ？　この前なにかの式典で見かけた時は、スカスカで地肌が見えてたような……ひょっとして、かぶりました？」

問いかけて、最初に礼をした男性の頭を指す。両サイドの髪は白いのに、頭頂部は真っ黒。しかも不自然に盛り上がっている。男性の前の長机には、「警視庁副総監」と書かれた席札が置かれている。

半笑いで身を引き、正丸は胸の前で腕を組んで首を傾《かし》げた。

「いやあ。僕の口からは、なんとも」

「間違いないですよ。絶対そう——あ、隣も怪しい。鉢田《はちだ》署の署長でしたっけ？　こっちはかぶるんじゃなく、ふりかけるタイプかも。よくテレビ通販でやってるでしょ。細かな繊維でできた、薄毛隠しパウダー」

「朝っぱらから、言いたい放題だねえ。くわばらくわばら」

肩をすくめ、正丸は両手で二の腕をさすった。指も手の甲もふっくらすべすべだが、手首に食い込むようにはめられた輪ゴムが強烈な「おばさん臭」を放つ。

「だってこれ、明らかに怪しいでしょ」

さくらはスマホを突き出したが正丸はさらに二の腕をさすり、背中を向けた。足元にはアルミの脚立と工具箱、細長い段ボール箱がいくつか置かれ、その脇を制服やスーツ姿の人々が通り過ぎて行く。

さくらたちがいるのは、警視庁庁舎二階の吹き抜けにある渡り廊下だ。下は一階のエントランスロビーで、数ヶ所に警備の警察官が立ち、大勢の人が行き来している。突き当たりに正面玄関があり、ガラスドアの向こうにはなにかの事件の取材か、数人の記者とカメラマンがいた。それをドアの内側から興味津々で眺めているのは、カジュアルな服装の家族連れと中年女性のグループ。庁舎の見学コースの参加者だろう。ガイド役の女性職員に呼ばれ、慌てて受付カウンターの前に移動する。独特の緊張感と慌ただしさはあるが、さくらにとっては見慣れた朝の風景だ。

「朝っぱらから、ワンセグでテレビ三昧《ざんまい》。ご機嫌だな」

聞き覚えのある声にさくらは顔を上げ、正丸も振り向く。

渡り廊下の先に、元加治《もとかじ》がいた。後ろは売店で、お菓子や生活雑貨、雑誌のほか見学コースの参加者向けのみやげ物も扱っている。

「どうも。おはようございます」

朗らかに挨拶した正丸に手を上げて答え、元加治は歩み寄って来た。

今日も三つ揃《ぞろ》いのダークスーツを着て、フロント部分に懐中時計のチェーンを覗かせている。売店で買ったのか雑誌を抱えていて、タイトルは「サライ」「ＬＥＯＮ」「週刊ポスト」。〝大人の男〟を意識したのはわかるが、いまいち方向の定まらないラインナップだ。

スマホを見せ、さくらは返した。

「秋津《あきつ》さんを待ってる間に、鉢田署の事件の謝罪会見を見てたの。ワイドショーで中継してるのよ」

「ああ、あれか。担当捜査員は辞職、鉢田署の署長と刑事課長は戒告・減給らしいな。ま、やらかしたことを考えれば当然だけど、引っ張り出された副総監は大変だ」

元加治がコメントし、さくらは再度画面を見た。

カメラはスタジオに戻り、頰がこけ、生気のない目をした男性の顔写真パネルの脇に司会者らしき中年男性が立ち、なにか喋《しゃべ》っている。

三日前の夕方。この顔写真パネルの男性、小川晴喜《おがわはるき》・三十四歳が、都内多摩《たま》地域にある鉢田警察署に出頭して来た。その前夜、管内の繁華街の路地で通行人の男性二人が些細《ささい》なことでケンカになり、一人が頭を強く打って死亡するという事件が起きていた。

小川は「自分がやった。怖くなって立ち去ったが、逃げきれないと思い、出頭した」と話し、その後の証言も現場の状況と一致していた。しかし被害者の遺体の状態や目撃者の証言から、犯人はもっと若くて体格のいい人物と推測され、また小川には、街金にギャンブルが原因の多額の借金があると判明。街金のバックは地元の暴力団・是政《これまさ》組で、その組長には紫朗《しろう》・二十一歳というヤンキー上がりの息子がおり、事件の夜から行方不明になっている。そこで鉢田署は、「真犯人は是政紫朗。小川は『借金をチャラにしてやる』と持ちかけられ、身代わりで出頭した」として捜査を始めた。

ところが昨日の夜、鉢田署の留置場で血まみれの小川の遺体が発見された。自ら刃物で頸動脈《けいどうみゃく》を切断したのだ。勾留《こうりゅう》した時、捜査員が小川の体と持ち物を調べたが、小型の折りたたみ式ナイフを靴下の中に隠していたのを見逃したらしい。

「たぶん初めから、『身代わりがバレたら死ね』って言われてたんじゃないかな。小川は妻子持ちって話だし、『お前が死ななきゃ、家族を殺す』とかなんとか脅されたんだよ」

　正丸が言い、スラックスのポケットからタオルハンカチを出して口元を拭った。さくらは大きく頷《うなず》いた。

「暴力団なら、それぐらい言うかも。こわ〜い」

「甘い。所詮《しょせん》は素人《しろうと》か……久米川。二ヶ月前に密室殺人の謎を解いたのは、ただのまぐれ。ビギナーズラックってやつだな」

　顎《あご》を上げ、元加治は渡り廊下の手すりに背中を預けた。余裕と優位感のアピールらしいが、手すりに肘《ひじ》を載せようとして雑誌を落としてしまい、慌てて拾い集めている。

「なにそれ」

「別に」

「裏があるんですか？　教えて下さいよ。もう、思わせぶりっこはなし」

　正丸にタオルハンカチを握った手で肩を連打され、元加治は「やれやれ」とでも言うように息をつき、雑誌を抱えて立ち上がった。

「ここだけの話ですよ？　……自殺の理由は、正丸さんの話通りだと思います。でも、誰が小川に『身代わりがバレた』と伝えたのか、わからないんです。鉢田署の捜査員は、翌日の尋問で初めて話すつもりだったとか」

「是政組が警察の動きに気づいて、手を回したとか？　ほら、よくドラマや映画であるでしょ。手下を留置場に紛れ込ませる、みたいな。じゃなきゃあれだ、弁護士」

首を傾げたり、手のひらで元加治の肩を叩《たた》くポーズを取ったりしながら正丸が捲《まく》し立てる。感心し、さくらはふんふんと聞いていたが、元加治は首を横に振った。

「残念ながら違います。小川は独房にいて、他の勾留者とは顔を合わせていません。弁護士は国選で、是政組との癒着も考えにくい」

「じゃあ、伝書鳩《でんしょばと》だ。さもなきゃ、ナイフと一緒に糸電話も隠してたとか」

「お前な」

元加治にうんざり顔をされたので、さくらは慌てて訂正した。

「それはないか。でも留置場の中がないなら外、ってことでしょ。小川が自殺した日は、どんなだったの？」

「年に一度の『市民まつり』ってのが開かれてて、鉢田署の周りも出店やらパレードやらで賑《にぎ》やかだったらしい。でも、誰かが署に侵入するとか物を投げるとか、マイクで叫ぶとかは、なし。夜になって、暴走族が近くの通りを走り回ってバイクの音がうるさかったそうだけど、よくあることだろ。ああいう連中って、『祭』とか『イベント』とかいうと、必ず出て来るよな。明かりに集まる蛾《が》みたいに」

「え～、やめてよ。蛾は大嫌いなんだから」

ぞっとして、さくらはさっきの正丸のように両手で二の腕をさすった。と、渡り廊下の奥から流れるジャコウ系の香水のかおりに気づく。

「誰が夜の蝶《ちょう》なの？」

首を約十度に傾け、高さ七センチのピンヒールが床を打つ音を響かせながら、秋津が歩いて来る。

「蝶じゃなくて、蛾。私、蝶も苦手なんですよね」

「そういう話じゃないでしょ……秋津さん、新しい軍手を持って来てくれた？」

さくらに突っ込みを入れ、正丸が進み出る。

「業務管理課で見つからなかったから、代わりにこれをガメて来ました」

髪を掻《か》き上げながら返し、秋津は制服のスカートのポケットから白手袋を三組取り出した。

「それ、捜査一課《う　ち》が現場検証で使ってるやつでしょ！　なにやってんですか」

騒ぎだした元加治を、正丸がなだめる。しかしさくらは、「ガメて」というフレーズに「古い」を通り越して「死語」の臭《にお》いを感じ、「美魔女」の名のもとにアンタッチャブル扱いされている秋津の実年齢が気になりだす。

動じる様子は微塵《みじん》も見せず、秋津はさくらと正丸に白手袋を配った。

「元加治くんこそ、なにやってるの？　鉢田署の不祥事のフォローで、大忙しでしょ」

「いえ。暴力団絡みの事件は、組織犯罪対策部の管轄ですから。でも、心配してもらえて嬉《うれ》しいな。実は僕、自分にふさわしいのは秋津さんみたいな大人の女性なんじゃないか、って思ってて」

雑誌を抱え、したり顔で語る。さくらは辟易《へきえき》し、秋津も同感だったのか、黒地に金のスパンコールを散らしたネイルの指で元加治を指した。

「YOU《ユー》、今度の事件も久米川と解決しちゃいなよ」

「はい!?」

「冗談じゃありませんよ！」

同時に声を上げたさくらと元加治の脇を抜け、秋津が歩きだす。渡り廊下を抜け、二階のフロアに進む。段ボール箱を抱え、正丸も歩きだした。

「さ、お仕事お仕事。久米川さん、脚立と工具箱をお願い」

「は〜い」

間延びした返事をして、さくらは足元の荷物を持って二人を追った。残された元加治がなにかわめいているようだったが、構わず歩き続けた。

2

チャイムが鳴り、エレベーターが二階に到着した。

ドアが開いてカゴから人が降り、代わりにエレベーターホールにいた人が乗り込む。間もなくドアが閉まり、エレベーターは動きだした。それを壁際に横並びで立つさくらたちが、ぼんやりと見送る。両手に白手袋をはめ、脚立や工具箱、段ボール箱を抱えている。

またチャイムが鳴り、別のエレベーターが到着した。ドアが開いて人が降りる。さくらたちは荷物を抱え、空《から》になったカゴに乗り込んだ。

「ああ。これはイラッとくるねえ」

ドアが閉まり、エレベーターが上昇を始めると正丸が口を開いた。丸くて小さな目を細め、天井を見上げている。

「ですねえ。かなりイラッとします」

さくらも天井を見上げ、隣で秋津が頷く。

天井にはメッシュ状の黒い金属パネルが複数はめられ、その上は作業用の出入口、左右に大型の蛍光灯が取り付けられている。蛍光灯の一本は小刻みに点滅し、そのたびにカゴ内の半分が明るくなったり暗くなったりした。

数日前に業者が庁舎内のエレベーターの蛍光灯を交換したのだが、不良品が混ざっていたらしく、総務課に「明かりが消えた」「点滅する」と苦情が寄せられた。しかし業者はすぐには来られないため、さくらたち業務管理課が蛍光灯の交換を命じられた。不良品は三、四本と聞いているが、総務課からは「ついでに全部のカゴを廻《まわ》って、異常がないか点検して」とも言われている。本庁舎だけなら大した数ではないが、隣には警察総合庁舎と警察総合庁舎別館もある。一日仕事になるのは確実だ。

「さて、始めますか。久米川さん、よろしく」

ぱん、と手を叩き、正丸がさくらを振り返った。

「えっ、私？」

「だって僕、高いところは苦手だから。ふ〜っと意識が遠のいちゃうの」

ほんのりピンクで艶やかな唇を尖《とが》らせ、正丸は指先でワイシャツの腕にはめたアームカバーの埃《ほこり》をつまんだ。今日のものも妻の手作りらしく、タオル地だ。薄茶の地に濃い茶で、同じアルファベット二文字を上下互い違いに組み合わせたロゴが等間隔で並んでいる。イタリアの高級ブランド「FENDI《フェンディ》」かと思いきや、どこか変だ。よくよく見れば、組み合わさっているのは、「F」ではなく「P」。「PENDI《ペンディ》」、いわゆる「パチモノ」だ。

「だからって、なんで」

抗議して、援護を求め秋津を見たが、

「悪いけど、私も低血圧だから。高山病とか怖いし」

と、気だるげに首を傾けて拒否された。

「この脚立のどこが『高山』……わかりましたよ、やればいいんでしょ」

騒いだところで二人が動くはずはなく、揉《も》めていると午後五時までに作業が終わらなくなってしまう。「残業よりはマシ」と自分に言い聞かせ、さくらは工具箱からドライバーを出し、床に脚立を立てて上った。制服のスカートはタイトなので脚が動かしにくく、靴もローヒールながらパンプスなので、安定感に欠ける。

脚立に上って恐る恐る立ち上がり、金属パネルを留めているネジを外した。日頃の運動不足がたたり、すぐに腕がだるくなる。いくつかあるネジを外し、パネルを「よし、行け！」「さあ、来い！」とかけ声だけは威勢のいい正丸に渡した。他のパネルも外し、点滅する蛍光灯を秋津が段ボール箱から出してくれた新しいものと換える。所要時間約十五分。脚立から下りると、背中と腋《わき》の下がじんわり汗ばんでいた。

それでもさくらは、作業を続けた。隣のエレベーターに移り、こちらの蛍光灯は点滅していなかったので、操作パネルや壁、床に異常がないかを正丸たちとチェックした。その後、次の場所に移動し、エレベーターが到着するのを待って乗り込む。人がいる場合は正丸が事情を説明し、脇に避《よ》けてもらって作業した。

3

「それにしても、さっきのはあり得ない」

秋津から受け取った蛍光灯を天井にセットしながら、さくらは言った。手袋をはめた指で操作パネルのボタンを磨くのを中断し、正丸が振り向いた。タッチセンサーなので、布越しだとボタンは反応しない。

「さっきのって？」

「元加治くんの、『密室殺人の謎を解いたのは、ただのまぐれ。ビギナーズラック』ってやつ。あんまりですよね。やらせたのは自分なのに」

「まあね。でも久米川さんの日頃の行いからすれば、限りなくまぐれだよね」

「そんな。必死にがんばったんですよ」

振り返った拍子に脚立から落ちそうになり、慌てて足をふんばる。開始から一時間。全身が汗ばんで腕は重く、制服も埃まみれになったが作業にはだいぶ慣れた。

不良品の蛍光灯を段ボール箱にしまい、秋津も言う。

「なら、やるしかないわね。YOU、今度の事件も——」

「パス。てか、私にその口調はやめて下さい」

「でも、まぐれじゃないって証明するには、別の事件を解決しないと」

「はあ。けど、現場の状況を聞いただけで、前回みたいな資料や写真はないし」

ぶつくさと呟《つぶや》いて一度脚立を下り、金属パネルをはめ直すために床を移動する。ふと記憶が蘇《よみがえ》り、さくらはカゴを見回した。庁舎内の中央に位置する大きなエレベーターで、壁は銀色の金属、床は大理石の模様がプリントされたビニールタイルだ。

「そういえば、三ヶ月ぐらい前からここの壁に、付箋《ふせん》が貼り付けられるようになったのを知ってます？　形や色はバラバラなんだけど、決まって操作パネル脇の壁で、床から六十センチぐらいの、微妙に人目に付きにくい場所。しかも、ほとんど毎日ですよ」

「そうなの？　初耳だよ」

「今日はないみたいだけど」

正丸が首をひねって傍《かたわ》らの壁を見て、秋津も顔を向けた。壁はきれいで、付箋はおろかシミ一つついていない。

「貼られるのは朝の十時頃だから、これからかも。で、気がつくとなくなってる。怪しくないですか？」

「別に。書類についてたのが落ちたか、誰かが捨てたんでしょ。ここは利用者も多いし、毎日なにかしら見つかるんじゃないの？　しかしよく見てるねえ。怪しいのは、そんなどうでもいいことに気づく、久米川さんだよ」

「背が低くて、床が近いから」

正丸が呆《あき》れ、秋津がフォローにならないフォローを入れる。さくらが憤慨しようとした時、チャイムが鳴って下降中のエレベーターは十階に着いた。ドアが開き、男性が一人乗り込んで来た。歳《とし》は五十代前半。のっぺりした顔立ちでフレームの細い縁なしメガネをかけ、スーツは地味だがネクタイはしゃれている。

「これは総務部長。おはようございます」

とたんに正丸が落ち着きをなくし、さくらを押しのけて工具箱や段ボールの空き箱を抱え、スペースを空けた。

「ああ。きみたちか」

無表情に頷き、部長は操作パネルの前に立ってボタンを押した。ドアは閉まり、エレベーターは下降を続けた。

「エレベーターの照明の交換と点検をしております。迅速かつ確実に、課員一丸となって作業致しますのでご安心下さい」

「そう。くれぐれも、真面目《まじめ》に働いてる人の邪魔にならないようにね」

揉み手で語りかける正丸に、部長が返す。「真面目に～」のくだりでは、振り向いてさくらをチラ見する。部長は七階で降りて行った。

「あれ？　ひょっとして今の、嫌味？」

ふと気づきさくらが顔を上げたのは、エレベーターが動きだしてしばらく経《た》ってからだった。脱力して、正丸が息をつく。

「ひょっとしなくても、そうでしょ。まったく、肝心なところは鈍いんだから」

「ひど～い。私が真面目に働いてないみたいじゃないですか」

「だから、『みたい』じゃなく……いや、いい。仕事仕事。さくっ、とやっちゃおう」

勝手に話をまとめ、正丸は操作パネルのボタン磨きを再開した。釈然としないながらも、さくらも脚立を抱えようとして、秋津にシャツの袖を引っ張られているのに気づいた。

「はい？」

返事の代わりに、秋津はラインがシャープな顎を動かして片側の壁を指した。操作パネルの脇、正丸が立っている場所の少し後ろだ。目をこらすと、床から六十センチほどのところになにかある。幅五ミリ、長さ五センチほどの黄緑色の紙片。

「付箋だ！　ほら、本当にあったでしょ……これ、貼ったのは総務部長？」

「え〜っ。まさかぁ」

　正丸は笑ったが、秋津は無言で付箋を見ている。

「だって、さっきまではなかったし。二人も見たでしょ？」

　チャイムが鳴り、またドアが開いた。一階に到着し、どやどやと人が乗って来た。見覚えのある家族連れと中年女性のグループ、女性職員。さっき渡り廊下から見た、見学ツアーの参加者だ。

　さくらたちに会釈をし、女性職員は操作パネルのボタンを押してドアを閉めた。エレベーターは昇りに転じる。

「どうも〜。作業中なので、足元に気をつけて下さいね。ツアーはいかがですか？」

　さっそく正丸が、女性職員の隣に立つ中年女性たちに愛想を振りまいた。四人いて、全員がスラックスにウォーキングシューズ、小さなリュックサックという出《い》で立《た》ちで、手に帽子またはサンバイザーを持っている。

「スタジオみたいなところでクイズをやって、制服とかが展示してある部屋を見て来たところ。すごく楽しかったわ」

レンズに薄く色の入った銀縁メガネをかけた一人が返し、他の三人も頷く。

ツアーは警視庁の活動に関するクイズとPR映像の視聴、組織の仕組みや事件捜査などの資料を展示した部屋や、二十三区内からの110番通報をすべて受理する、交換台のような施設の見学が主な内容だ。

「それはなにより。今日はお天気がいいし、散歩にもぴったりですね」

「本当に。このあと皇居のお濠端《ほりばた》を半蔵門《はんぞうもん》まで歩いてみようか、って話してたんですよ」

別の一人が会話に加わった。明るい茶髪のショートヘアで、所々に金色のメッシュを入れている。

「なら、隼町《はやぶさちょう》に面白そうなところがありますよ。歌舞伎《かぶき》とか文楽とか、伝統芸能の資料を展示してる博物館みたいな施設。前にテレビの『若大将のゆうゆう散歩』でやってました」

「それ見たかも。いいわよね、あの番組」

「ねえ？　ほら、前の『ちい散歩』の地井武男《ちいたけお》さんのイメージが強くていろいろ言われちゃったけど、加山雄三《かやまゆうぞう》さんもがんばってると思うなあ」

「うんうん。私もそう思う」

「番組の最後に加山さんが描く水彩画が、またステキなのよねえ」

会話は盛り上がり、和やかかつ所帯じみた空気が流れる。正丸のコミュニケーション能力の高さに感心しつつ、「でも『若大将の～』って、平日朝の番組のはず。課長、いつ見てるの？　録画？」とさくらが疑問を覚えていると、隣でふっ、と息を漏らす音がした。

「これ、天井に戻さなきゃいけないのよね……つらいわ」

秋津だ。「戻さなきゃいけない」のも「つらい」のも、さくらなのだがなぜか金属パネルを手に、傍らの壁に寄りかかって俯《うつむ》いている。

さっ、と斜め後ろで手が上がった。

「僕がやりましょうか？」

進み出たのは、親子連れの父親だ。歳は三十過ぎ。日焼けして、マッチョな体を強調するように、細身のポロシャツを身につけている。

「あら。そんなつもりじゃ」

「構いませんよ。ついでだし」

胡散臭《うさんくさ》いほど真っ白な歯を覗かせ、父親が秋津に笑いかける。さくらは、エレベーターに乗り込んで来た彼が秋津を見て、「おっ、いい女」という顔をしたのを思い出した。

「そうですか？　じゃあ、向こうのパネルのネジがちゃんと締まってるかの確認も、お願いできるかしら」

「いいですよ」

頷く父親を潤んだ目で見ながら、秋津は肘でさくらの脇腹を突いた。見ると、腰の後ろでガッツポーズを決めている。助かったと思いながらも、「いいの？　それに秋津さん、手慣れすぎ」と戸惑い、さくらは曖昧《あいまい》に笑うしかない。

「ダメよ。ケガしたらどうするの。てか、なんの『ついで』よ？」

露骨に不機嫌そうに父親の隣の母親が割って入り、秋津に尖った眼差《まなざ》しを向けた。

父親と同年代で、長い髪をシュシュで束ねている。腕には三、四歳の男の子を抱いていた。

「なんだよ」

むっとして父親が身を引き、気まずい空気が流れた。一方正丸と女性たちは、「氷《ひ》川《かわ》きよしのコンサートチケットの入手難易度」をテーマに盛り上がっている。

「僕、いくつ？　お名前は？」

母親に苦情でも言われると、説教されて定時には帰れなくなる。危機感を覚え、さくらは男の子に微笑《ほほえ》みかけた。大きな目は父親、出っ張り気味の額は母親に似ている。きょとんとした後、男の子はむっちりした白い腕を上げ、さくらを指した。

「くるくる！」

一瞬面食らって、すぐに髪の毛のことだと気づいた。きつくカールした天然パーマで、柔らかく艶もいいが、やたら量が多い。子どもの頃から悩みのタネで、試行錯誤の結果「伸ばして、頭の両脇で束ねる」しかないという結論に達した。

「こら、ダメでしょ！　……すみません。この子、見たままを正直に言葉にしちゃうんです」

母親が男の子の手をつかんだ。申し訳がなさそうな顔をしているが、言葉の端々にトゲを感じる。父親と秋津のやり取りへの仕返し、または八つ当たりか。

無理に笑い、さくらは返した。

「子どもって、そうですよね。でも気を遣うっていうか、オブラートにくるむっていうか、そのうちだんだん――覚えようね？」

笑みはキープしたが、「覚えようね？」は知らずドスの利いた声になり、男の子の顔を覗き込んだ。

再びきょとんとしてから、男の子は考え込むような顔をした。意図が通じたのか通じなかったのか、バンザイするように両手を挙げ、

「くるくるさん！」

と叫び、けたけたと笑った。

「上手《うま》い！」

「『さん付け』すりゃいいってもんじゃないでしょ」と思いながらも、つい手を叩いてしまう。

テンションが上がって騒ぎまくる男の子を両親がなだめている間に、エレベーターは五階で停《と》まった。女性職員に促され、ツアーの参加者たちが移動する。全員がフロアに出たのを確認し、女性職員は操作パネルの「開」ボタンから指を離して、さくらたちを振り向いた。

「失礼します」

　ずっと正丸たちの陰で見えなかったが、黒髪ショートボブの清楚《せいそ》な美人だ。笑顔も優しい。

「どうも～。お疲れ様です」

　正丸が手を振り、さくらも会釈をしようとして、視界の端に違和感を覚えた。壁の付箋がなくなっている。

「あの、ちょっと！」

　とっさに呼びかけたが、女性職員は閉まりかけたドアの隙間《すきま》に身を滑り込ませ、フロアに降りた。華奢《きゃしゃ》な体を包むのは、さくらたちと少しデザインの違う濃紺の制服。前のめりになったさくらの目に、制服のジャケットの背中に点々とついたなにかが映る。白くて針のように細く、長さは三センチほど。その正体にさくらが気づくのと同時に、ドアは閉まりエレベーターはさらに上昇した。

「……ふ～ん。そうなんだ」

　考えごとを始めたさくらの顔を、左右から正丸と秋津が見る。

「なにが？」

「付箋、なくなってるけど」

さくらは、付箋があった壁に歩み寄った。

「部長が貼って、ツアーの案内役の彼女が剝《は》がし、その背中にはネコの毛。なにか思い出しません？」

「そういえば久米川、少し前に『総務部長はネコを飼い始めた』『スーツに毛がついてた』って言ってた――ああ、そういうこと？　お友だちね」

「そうです。さすが秋津さん」

「ちょっと。女同士で納得してないで、説明してよ。仲間はずれ禁止」

正丸が騒いだので、さくらは向き直った。

「この前お説教をされた時、総務部長には『ネコを飼ってるお友だちができた』って言ってたでしょ。それが今の彼女なんです」

「ウソだぁ。めったなこと言うもんじゃないよ」

「二人についてたネコの毛はそっくりだし、間違いないです。たぶん奥さんも疑ってて、部長のスマホを監視してるのかも。で、仕方なく付箋でメッセージを送ることにしたんですよ。色や形ごとに、内容を決めてあるんじゃないかな」

「ピンクの太いやつは、『いつものホテルで午後八時』。黄緑色の細いのは、『すまない、今夜は会えない。息子が急病で』」

手袋を外しネイルを眺めながら、無表情の早口で秋津が補足する。

「うんうん、そんな感じ。見学ツアーは毎日同じ時間に同じエレベーターに乗るから、彼女の少し前に、部長が付箋を貼る約束なのかも。人が見てもただのゴミだし、いいアイデアですよね。考えたのは部長？　それとも彼女？　……ま、どっちにしろ超ラッキー。これで部長の弱みを鷲《わし》づかみ。課長、部長に付箋のセットをプレゼントしましょうよ。うるさいこと言われなくなるどころか、永遠に私たちの言いなりに」

捲し立てながら顔がにやけ、いひひ、と笑いが漏れる。正丸が醒《さ》めた視線を投げつけてきた。

「『邪悪な推測』と書いて『邪推』。まったく、腹黒いにもほどがあるよ。証拠がないでしょ、証拠が」

「でも言われてみればあの二人、スマホの着メロが同じだわ。今井美樹《いまいみき》の『PRIDE《プライド》』」

「そうなんですか!?」

「そう。ちなみに彼女は広報課の大野原《おおのはら》ちひろ、二十四歳。大学時代は、阿波踊《あわおど》りサークル『心人連《はあとれん》』に所属」

「ね？　証拠もあるでしょ」

正丸に訴えるのに夢中で、「その情報、どこで手に入れたんですか？」は気にならない。

十一階に到着し、制服とスーツ姿の男性が数人乗り込みエレベーターは下りだした。

「しっ！　この話はおしまい。お口にチャック」

背筋を伸ばして男性たちに挨拶した後、正丸がさくらに囁《ささや》いた。十一階には、警視総監室他お偉方の部屋が集まっている。構わず、さくらは手袋を外し、胸の前に垂らした髪をつまんだ。人差し指をくるくると動かし、髪を巻きつける。

「着メロも同じですよ。他人にとってはただの音でも、通じ合ってる人たちには意味があって」

とたんに、頭の中で火花のように光が弾けた。二ヶ月前の密室殺人の時と同じだ。続けて、渡り廊下で元加治から聞いた話を思い出す。

「ひょっとして暴走族の騒音!?　バイクのエンジン音で、メッセージを伝えた？　でも、そんなことできるの？」

必死に頭を巡らせていると、秋津が言った。

「話は全然見えないけど……できるわよ。アクセルとクラッチ、ギアチェンジでマフラーの音に変化をつけるの。通称『コール』、アクセントは『コ』ね」

「本当ですか!?」

さくらが身を乗り出し、興味を引かれたのか、男性たちを気にしながら正丸も会話に加わる。

「曲みたいなやつ？　映画『ゴッドファーザー』のテーマとか、『リリー・マルレーン』とか。あとはなぜか童謡の『チューリップ』も」

「それは『ミュージックコール』。ちなみにチューリップは、出だしの『♪さいたさいた♪』でギアを六速、五速、四速と切り替えて……ああ。あの頃は、毎日が祭りだったわ」

バイクを運転するように軽く握った両手の拳《こぶし》を動かし、秋津は遠い目をした。男性の一人が、不審そうに首をこちらに回す。

秋津の顔を覗き込み、さくらは訊《たず》ねた。

「すごく重大で、他の人には知られたくないメッセージを伝える時は、どうするんですか?」

「そういう場合は、チーム内だけに通じるオリジナルコールね。『♪ブンブンブブブン♪』みたいな普通のやつだけど、あらかじめ意味を決めて、街にいる仲間に『水戸《みと》街道で検問をやってるから気をつけろ』って知らせたり、鑑別所にブチこまれた仲間を、『ビッとしろよ!』って励ましたりするの」

「水戸街道って、茨城《いばらき》出身? ——じゃなくて、わかりました! ありがとうございます」

一礼して、さくらは髪から指を抜き、ポケットのスマホをつかんだ。

「謎はすべて解けた!」

声を上げると、ぎょっとして他の男性も振り返った。

「マンガ『金田一《きんだいち》少年の事件簿』より、主人公・金田一《はじめ》の決め台詞《ぜりふ》の一つ」

抑揚のない早口で、秋津が解説する。正丸はスマホを構えるさくらの横で引きつった笑みを浮かべ、

「あいすみません。なんでもありませんので、はい」

と、揉み手で男性たちにぺこぺこと頭を下げた。

4

翌朝。さくらは庁舎中央の大きなエレベーターに乗っていた。蛍光灯の交換と点検はなんとか昨日の就業時間内に終わり、今は他部署に届け物をした帰りだ。

他の人が降りて一人になったので、腋に挟んだ新聞を広げた。テレビ欄にざっと目を通してから紙面をめくると、すぐに目当ての記事が見つかった。見出しは、「鉢田市の殺人事件　地元暴走族が関与」。

記事によると、昨日、留置場内での容疑者自殺事件に関し、鉢田署が地元の暴走族「魑魅怒呂《ちみどろ》」のリーダーに話を聞いたところ、「是政組の組員に『市民まつりの晩に、鉢田署の近くをバイクで走り、指示した通りにマフラーの音を鳴らせ』と命じられ、チームのメンバーにやらせた」と答えた。組員は関与を否定しているが、是政紫朗は魑魅怒呂の元メンバーで、是政組がチームの背後組織である可能性は高い。そこで鉢田署は、「身代わり出頭の発覚を恐れた是政組が、バイクのマフラーの音を暗号のように使い、留置場内の小川晴喜さんに自殺を命じた」として、是政組関係者を聴取するともに、繁華街での傷害致死事件の容疑者として、紫朗を指名手配した。

「やっぱりね」

読み終えて、嬉《うれ》しいような誇らしいような思いを感じた。が、記事に添えられた写真に知り合いを見つけ、そちらに気が向く。

派手な刺繍《ししゅう》入りのセーターを着たいかつい男性が、スーツの男性たちに囲まれて車に乗り込むシーン。事情聴取に向かう是政組組長と、鉢田署の捜査員だろう。その画面の隅、捜査員たちの後ろに元加治が写っている。しかし顔も体も半分切れて、目は半分閉じている。

つい噴き出してしまい、上昇中のエレベーターが停まったので慌てて表情を引き締める。新聞を広げているので、何階かはわからない。

「なんだよ、探したんだぜ」

開いたドアから、タイミングよく当人が乗って来た。隣に並んだので、

「マスコミデビューだね。すご〜い」

と笑いを堪《こら》えて言い、写真を見せる。一瞥《いちべつ》するなり、元加治は顔をしかめて新聞を押しのけた。

「ふざけんなよ……けどまあ、お前の読みは合ってたよ。電話でコールがどうのって言われた時は『ついに頭がわいたか』と思ったけど、調べたら本当にメッセージツールに使ってる暴走族もいるとわかって、組織犯罪対策部経由で鉢田署に知らせたんだ。組長を締め上げれば紫朗の居場所も明らかになるだろうし、逮捕は時間の問題だな」

「秋津さんのお陰だけどね。でも、これで『まぐれ』でも『ビギナーズラック』でもない、私の実力だってわかったでしょ？」

「実力アピールなら、俺じゃなくお偉いさんにしろよ。説明するタイミングを逃して、今回も俺の手柄ってことになっちゃったんだよ。『捜査一課に期待の新星現る！』とか他部署でも話題沸騰で、来月号の『ザ・ポリビジョン』の表紙に抜擢《ばってき》された。これから屋上で撮影だって。勘弁してくれよ」

ザ・ポリビジョンとは警視庁の庁内報で、タイトルといいロゴデザインといい、表紙モデルが必ずピーポくんの黄色いミニフィギュアを持っているのといい、明らかに某テレビ情報誌のパクりなのだが、みんな見て見ぬふりだ。

耳元でわめかれ、さくらは半歩後退して新聞を畳んだ。

「だから、面倒臭いのはイヤなの。それに『勘弁してくれ』とか言って、ノリノリじゃない。美容院に行ったでしょ。テカテカの顔はパック？　あとはその変な棒」

「棒じゃない、ステッキだ。三つ揃い、懐中時計と並ぶ、紳士のマストアイテムだぜ」

つん、と顎《あご》も上げ、片手に持ったステッキを撫《な》でる。艶のいい飴色《あめいろ》の木製で、柄の部分はタッチがリアルなイヌの顔の彫刻だ。

「怖っ。その顔、ゲームキャラに似てない？　なんだっけ……わかった！『BIOHAZARD《バイオハザード》』のゾンビ犬」

「似てねえよ!!　内田裕也《うちだゆうや》さんも常連って噂《うわさ》の、セレクトショップで買ったんだからな」

逃げるさくらにイヌの顔を突きつけ、元加治がわめく。

と、エレベーターが業務管理課のある十階に着いた。降りようとして、ドアの向こうに立つ男性に気づく。

「総務部長、おはようございます」

後ろ歩きで自分の隣に戻るさくらを訝《いぶか》しみながら、元加治は乗り込んで来た部長に会釈をした。

「おはよう。聞いたよ、昨日は大手柄だったそうだね」

にこやかに返し、部長は昨日と同じように操作パネルの前に立った。さくらには目もくれない。ドアが閉まり、エレベーターは動きだした。

「いや〜、それほどでも」

頭を掻きながら、元加治は「ほら、なんとかしろよ」とでも言うように、ステッキの柄でさくらをつついた。それを無視し、さくらは腕時計を覗いた。

時刻は、ちょうど午前十時。部長の目的は明らかだ。確信するのと同時に、スカートのポケットに、昨日仕事帰りに買った付箋セットが入っているのを思い出した。

「このまま見張って、『現場』をおさえる？　それとも、付箋セットを渡して『わかってますよ』アピール？」シミュレーションするうちに、わくわくしてきた。

「怖っ。なんだ、その悪い笑顔は」

囁き声で怯《おび》える元加治をよそに、さくらはポケットに手を入れて付箋セットをつかんだ。そしてダークスーツの背中を見つめ、脇の壁もチェックしながら、じりじりと部長との間合いを詰めた。

第三話

極秘任務だよ
さくらちゃん

Sakuradamon!

1

スチール机の上のメモにボールペンで落書きする手を止め、久米川《くめがわ》さくらは訴えた。

「そこをなんとか。お願いします」

身を乗り出すと椅子《いす》がきい、と軋《きし》んだ。耳に当てたスマホのスピーカーから、男性の声が応える。

「そうおっしゃられても、大家さんのご意向ですし。納得できないなら、部屋を出ていただくしかないんですよ」

何度か会ったことはあるが、覇気のない痩《や》せた中年男性で、スーツも地味なのに顔と頭は妙にテカり、ネクタイが派手だったのを覚えている。

「え〜っ。そんなあ」

天井を仰ぎ、さくらは椅子をくるりと回転させた。いつの間にか、後ろに正丸《しょうまる》と秋津《あきつ》が立っていて、ぎょっとする。二人とも制服の上にコートを着込み、口にマスク、両手にはゴム手袋をはめ、頭に毛糸の帽子をかぶっている。足元はゴム長靴で、正丸はスラックスの裾《すそ》を長靴の中に入れていた。

帽子で半分隠れた目で二人に凝視され、さくらは、

「仕事が始まるので、また後で」

と告げて電話を切った。

「どう？　これならバッチリでしょ」

「ちなみに、腰と靴の中には使い捨てカイロも入れてるから」

待ち構えていたように正丸が喋《しゃべ》りだし、秋津が付け足す。マスク越しなので、声がくぐもって聞こえる。

「はあ。でも、ここからその格好で行くんですか？　なんか露骨に怪しいっていうか、危ない集団っていうか」

「気にしない気にしない。昔から『冷えは万病のもと』って言ってね。とくに女性は腰を冷やすと――あ。これ、セクハラじゃないよね？」

「セーフ、かな。ギリだけど」

首を傾け、帽子から出たサイドの髪を小指の先で払いながら、気だるげに秋津が返す。ほっとして、正丸は両手で野球の審判の「セーフ」のポーズを作ってみせた。

警視庁庁舎十階、業務管理課。午前九時過ぎ。その日さくらたちに下された指令は、「パトカー他《ほか》、警察車両の洗車とワックスがけ」。場所は庁舎の裏庭だ。外はどんよりと曇り、気温は五度あるかないか。一日中立ちっぱなし、しかも水を使っての作業になる。

想像するだけで寒気がして、さくらはぼやいた。

「パトカーとかって、その日乗務する人が管理するのが決まりですよねえ？　なんで私たちが」

「みなさん、お忙しいんでしょ。悪い風邪《かぜ》も流行《はや》ってるし」

納得しているのか、諦めているのか。正丸はあっさり返し、足元のバケツを覗《のぞ》いた。中には車用の洗剤とワックス、スポンジなどが入っている。

「そんなあ。イヤすぎだし、寒すぎ」

「はい。その『寒い』、今日は禁止ね。言ったら罰金百円。集まったお金は、カンガルー募金に寄付します……ところで久米川《くめがわ》さん、なにか揉《も》めごと？」

息苦しくなったのかマスクを引き下げ、正丸はさくらが手にしたスマホを見た。

「いま住んでるアパートが賃貸契約の更新らしくて、不動産屋さんから電話があったんですよ。なんと、更新するなら家賃を五千円も上げるって。もうあり得ない。ボロくて狭くて、虫もやたらと出るのに」

「なら、引っ越せば？」

秋津もマスクを引き下げる。首を横に振り、さくらは返した。

「無理。面倒臭いし、荷造りしてる間に次の更新が来ちゃいそう」

「ちょっと、やめてよ。部屋の有様を想像するだけで、背筋《せすじ》が寒く——あ、今のはノーカン、なしね。まだ作業始めてないし。ほら、久米川さんも準備。ちゃちゃっとやって、ちゃちゃちゃっと」

早口になって手も叩《たた》き、正丸がせかす。嫌々、さくらは自分の席から立ち上がった。

身支度をして、業務管理課を出た。案の定、廊下を行く三人を、すれ違う人が驚いたり噴き出したりして見た。しかしさくらはスマホ弄《いじ》りに忙しく、気にしている余裕はない。支度中に不動産業者の男性からメールが届いた。男性曰《いわ》く、「他《ほか》にも契約更新の住人さんは数人いて、全員家賃値上げを了承してくれた」らしい。

「本当かなあ。他の住人とは付き合いがないから、確認のしようがないけど」

マスクの下で呟《つぶや》きながらメールの文面を眺めていると、前を歩く正丸が振り返った。

「いい？　ワックスをかける時は、右手で塗って左手で拭《ふ》き取るんだよ。つまり、『ライトハンド、ワックスオン。レフトハンド、ワックスオフ』」

言いながら、左右の手を円を描くように動かす。出がけにコートの上から装着したアームカバーは、防水のためかビニール製。鮮やかな黄色で、片方に「交通安全」の文字、もう片方には、スクールゾーンを示す交通標識がデカデカと入っているので、子どものPTAかなにかで使った横断旗を、妻がリメイクしたのだろう。愛情と着眼点の斬新《ざんしん》さは感じるが、センス的には「どうなの？」と思わざるを得ない。

「なんですか、それ」

「映画にこういうシーンがあったの。タイトルは」

「『ベスト・キッド』。一九八四年製作のアメリカ映画。二〇一〇年にリメイクもされている……懐かしい。初デートで見に行ったわ」

正丸の隣の秋津が解説し、遠い目をする。すかさず、さくらは突っ込んだ。

「どっちを？　二〇一〇年で『初デート』はあり得ないとして、一九八四年の方？　当時いくつで――」

「久米川、ぼ〜っと歩いてちゃダメよ。庁舎内も物騒なんだから」

「はい？」

上手《うま》くごまかされた気がしながらも、つい訊《き》き返す。はめたマスクをまた引き下げ、正丸が目を輝かせた。

「それ、『マイカップ泥棒』でしょ。久米川さん、知らない？　二、三週間前から、給湯室に置いてある職員の『マイカップ』『マイ湯飲み』が盗まれるようになったんだって」

「なんでそんなものを。別の人が間違って使ってる、とかじゃないんですか」

「被害者もそう思って方々探したんだけど、見つからなかったらしいよ」

「ふうん。変なの」

「そう。変な人、危ない人がたくさんいるから、気を抜けないよ……ま、その点うちの課は離れ小島っていうか、給湯室が『なにかの罰ゲーム？』ってぐらい遠くて、自分のところでお湯を沸かしてカップも管理してるから、安心なんだけどね」

自慢にもならない自慢で小鼻を膨らませ、正丸はバケツを抱え上げた。しかしさくらは、話の途中で興味を失い、メールの返事を打ち始めている。

ふいに脇から腕をつかまれ、引っ張られた。

上げようとした声は口を塞《ふさ》ぐ手にかき消され、階段の踊り場に引きずり込まれる。

「ちょ――」

薄暗くて、人の姿はない。

聞いたばかりの秋津と正丸の忠告が胸をよぎり、さくらは焦って手足をバタつかせた。その拍子に転びそうになると、なぜか口を塞いだ手が離れ、肩を支えてくれた。

「重っ！　お前、また太ったな？」

聞き覚えのある声に、さくらは動きを止めて顔を上げた。

「元加治《もとかじ》くん……どうしたの？　顔に黒カビが」

「ヒゲだ、ヒゲ！　ボケるのも大概にしとけよ」

眉《まゆ》をひそめてわめき、元加治はさくらを解放して自分の顎《あご》を撫《な》でた。童顔にはまったく似合っていないが、言われて見れば確かに無精ヒゲだ。その上、なんのつもりか三つ揃《ぞろ》いのスーツはノーネクタイで、ワイシャツのボタンも二つ目まで外している。

「あっそう。驚かさないでよ。なにか用？」

「実はさっき、刑事部長に呼び出されたんだ。三日前から使い始めた湯飲み茶碗《ぢゃわん》が今朝来たらなくなってて、探しても見つからないらしい」

「それ、『マイカップ泥棒』じゃない？　いま話を聞いたところ」

マスクを引き下げ、廊下を指す。正丸たちは探しに来ないが、お喋りに夢中でさくらが消えたのに気づかないのだろう。

「多分な。しかも、ちょっと訳ありで……部長の奥さんは銀座のギャラリーで働いてるんだけど、仕事の流れで人間国宝の陶芸家が作った湯飲みを家に持ち帰って、テーブルに出しておいたんだって。なにも知らない部長はそれを『ちょうどいい』って、ここに持って来ちまった。で、昨夜ことの真相が明らかになって、部長も奥さんも真っ青。朝一で出勤して、湯飲みを回収しようとしたら」

「消えてた、と。そりゃ大変だ」

「ってお前、目が笑ってるし――で、本題。部長の湯飲みを見つけろ。タイムリミットは今日の午後五時。六時には、人間国宝に返さなきゃならないらしい。もちろん他言無用、極秘任務だ」

「私が？　なんで？」

「『探してくれ』って頼まれたんだけど、俺は他の仕事で手一杯なんだよ。いいだろ？　定時までに解決するの、得意じゃないか」

今度は眉を寄せ、さくらの顔を覗き込む。ずり落ちてくる毛糸の帽子を引っ張り上げながら、さくらは元加治に背中を向けた。

「なによ。ほんの何週間か前に、『ただのまぐれ』『ビギナーズラック』呼ばわりしたくせに。それに私は今、それどころじゃないの。なにがなんでも、家賃値上げを阻止しないと」

「そう言うなって。礼はちゃんとするから。頼む」

命令口調から一転、元加治は背筋を伸ばして頭を下げた。彼にしては珍しいことだ。思わず振り向き、さくらが見入るとこう続けた。

「あとはここだけの話、先週部長も含むお偉方に呼ばれてさ、『最近の活躍を見込んで、全庁挙げて計画中の極秘プロジェクトを任せたい』って言われたんだ。『内容はまだ話せないが、見た目を少しワルっぽく、ワイルドにして欲しい』とも言われた。恐らく、犯罪組織への潜入捜査だと思う。大抜擢《だいばってき》だし前からやりたかった仕事だから、即答で引き受けたよ。それもあって、部長の頼みは断れないんだ」

「で、ヒゲ？　なんか安易っていうか」

「ほっとけ——じゃなくて、ここは一つ同期のよしみで、な？　もちろん、今日一日業務管理課の仕事はしなくていい」

「えっ、ホント!?」

「ホントホント。正丸さんには、俺から話しておく」

ぶんぶんと、元加治が首を縦に振る。

人間国宝にも極秘プロジェクトにも興味はなく、同期のよしみを結ぶ気は皆無だが、寒空の下の洗車から解放されるのは魅力的だ。それに元加治は、「午後五時までに見つからなかった場合のペナルティ」は口にしていない。

「わかった。やる」

答えて、頷《うなず》いた。元加治がペナルティに気づくヒマを与えたくないので、動きも口調もつい速くなる。

2

「値上げは仕方ないとして、せめて三千円。できれば二千五百円。ダメもとで千円」

廊下をうろつきながら、さくらはスマホに語りかけた。不動産業者の男性が返す。

「無理です。大家さんは、『値下げ交渉には一切応じない』とおっしゃってます」

「なによ。ケチ」

立ち止まって呟き、口を尖《とが》らせた。気配を感じ振り向くと、交通管制課のドアから女性が顔を突き出してきょろきょろしている。スマホを下ろし、さくらは女性に歩み寄った。

「小平《こだいら》さんですか？　お仕事中に、すみません。業務管理課の久米川といいます」

「どうも。『マイカップ泥棒』を調べてるんですって？」

訊き返し、細い目を素早く上下させてさくらの全身を見た。小平は歳《とし》は三十代後半。中背だが骨太のがっしりした体を白いシャツに濃紺のネクタイ、濃紺の膝丈《ひざたけ》スカートという女性警察官の制服で包み、ジャケットの代わりに黒いカーディガンを着ている。

「はい」

「困っちゃうのよ。高くはないんだけど、息子が小学校の修学旅行で買って来てくれたやつで、大切に使ってたから——こっちよ」

ショートカットの髪を弄りながら捲《まく》し立て、すたすたと歩きだす。電話を切り、さくらは小平の後を追った。

元加治と別れたあと業務管理課に戻ってコートやゴム長などを脱ぎ、メモとペンを持って改めて出かけた。刑事部長を訪ねたかったが、元加治に「代理でお前に探させてるのがバレるとまずい」と言われ、盗まれた湯飲み茶碗の写真と、他の「マイカップ泥棒」被害者のリストを渡された。仕方なく他の被害者たちに会い、「総務で問題になり、聞き取り調査をしてる」という名目で話を聞いた。被害者は刑事部長を含め、男性が二人に女性が三人。刑事部、会計課、少年事件課、文書課、交通管制課と所属部署は異なり、カップを盗まれた現場の給湯室もバラバラだ。

少し廊下を進み、小平は七階の給湯室に入った。ドアも窓もない狭いスペースで、片側にステンレスのシンクとコンロ、反対側に冷蔵庫と茶葉、コーヒー、来客用のカップなどを収めた棚がある。他の階の給湯室も、ほとんど同じレイアウトだ。

「ここで毎日朝とお昼にマグカップにコーヒーやお茶を淹《い》れて、夕方帰る前に洗ってたのよ」

シンク横の台に置かれたコーヒーメーカーと急須を指し、小平が説明した。コーヒーは淹れて間もないのか、香ばしいかおりが漂う。横には大型の湯沸かしポットもあった。コーヒーだけは毎朝各フロアの事務方の女性職員が交代でセットしているが、飲み物は基本的にセルフサービスらしい。

さくらはメモを出し、ペンを握った。

「ふんふん。どんなマグカップですか？」

「高さ十センチ、直径は八センチぐらいかな。白い陶器で、正面に牙《きば》をむいて吠《ほ》えてる黒いクマの顔の絵と、『熊出没注意　HOKKAIDO』って字が入ってるの」

「それはまたベタな――えっ。でも修学旅行で北海道？　小学生が？」

「うち、私立だから」

「ははあ。いいですねえ。私なんか佐渡島《さどがしま》ですよ。おまけに、なんとかいう岬に行ったら、放牧されてた牛のナニを踏んじゃって」

カップの絵を描く手を止め、記憶が蘇《よみがえ》るままに語りだす。それを無視し、小平は続けた。

「ところが四日前、朝来たらカップが消えてたの。こんなにたくさんあるのに、私のだけ」

不服そうに言い、ゴツめの顎でシンクの上に吊《つ》られた棚を指す。白いタオルが敷かれ、伏せたカップや湯飲み茶碗が前後二列に並んでいる。使用中で飲み口の丸い跡だけ残っているものも入れると、数は二十ほど。これも他の階と同じだ。

「なるほどねえ」

相づちを打ち、さくらはメモをめくった。他の被害者にも同じように話を聞き、盗まれたカップや湯飲み茶碗をスケッチしている。

陶器にステンレス、耐熱ガラスと素材はいろいろで大きさや色、形にも統一感はない。しかし刑事部長のものを除き、価格は高くても二千円ほど。売り飛ばしたところで、いくらにもならないだろう。

「イタズラか嫌がらせだと思うんですよ。心当たりはないですか？」

「まさか。あるはずないでしょ」

控えめのアイラインとマスカラで飾られた目を見開き、小平が心外そうに返す。他の被害者の反応も、似たり寄ったりだった。

じゃあ、なにかのフェチ？　でも、被害者やカップ、湯飲みに共通するものはないし。飲むものもみんなバラバラで、カップが汚れてたとかキズついてた、って訳でもないのよね。

早くも行き詰まり、さくらはメールチェックをしようとスマホを持ち上げた。すると、小平がぽつりと告げた。

「でも、犯人は私のを狙って盗んだんだと思う」

「そうなんですか？」

「うん。だって、私のカップは後ろの列の真ん中、一番目立たなくて取りにくい場所にあったのよ。前に揉めたことがあって、私の提案でくじ引きで置き場所を決めたの。他の階も真似して、同じようにしてるはず」

「私の提案」と「真似して」をちょっと自慢げに言い、小平は傍らの壁を指した。

白い紙にワープロで、中が複数の正方形に区切られた大きな長方形が描かれている。正方形には番号と名前が記され、下には「※カップはきれいに洗って下さい」「取り間違えに注意!!」等々の注意事項が並んでいた。確かに他の階の給湯室にも、同様の貼り紙があった気がする。

「ははあ。徹底してますねえ。私なら、貼り紙があっても置き場所を間違えそうだけど」

「離れ小島」の「罰ゲーム」でよかったかも。そう思い、ぼんやり棚のカップを眺める。「違うだろ」とでも言うように顔をしかめ、小平は身を乗り出した。

「つまり、犯人は目的を持って盗むカップを選んでるってこと。イタズラでも嫌がらせでもなくね」

「なるほど」

納得するのと同時に感心し、「すごいですね。ひょっとして小平さんって、刑事部志望？」と訊《たず》ねたくなったが、叱《しか》られそうなのでやめた。

合成皮革の黒いベンチソファに腰かけ、さくらはストッキングに包まれたふくらはぎをさすった。ただでさえ太めなのに、あちこち歩き回ったせいで張り、さらに太くなった気がする。向かいには飲み物とスナックの自動販売機、ゴミ箱。各階に一ヶ所ある休憩スペースで、ここは十階。昼休みが終わって二時間近く経《た》つので、他に人影はない。

小平と別れたあと再度現場を廻《まわ》り、事件当日コーヒー当番だった女性職員や、給湯室にカップを置いている他の職員に怪しい人を見なかったか訊ねた。しかし手がかりはなく、昼休みを挟んで庁舎内の防犯カメラの映像を確認できないか調べてみたが、給湯室には設置されていないとわかった。

「被害者にもカップにも共通点はなくて、目撃者もゼロ。犯人が目的を持って盗んでる可能性はあるけど、被害者は身に覚えがないって言う……やっぱ、イタズラなんじゃないかなあ。じゃなきゃ、刑事部長のだけ別の犯人の仕業とか？」

ため息と一緒に、つい言葉が漏れる。メールの着信を告げるメロディーが流れたので、スカートのポケットからスマホを出した。

「なになに……『久米川さんの「家賃値上げを了承する代わりに、契約の更新料を安くして欲しい」というご希望を伝えましたが、大家さんのお考えは変わりません』

……もう。どこまでがめついのよ」

立ち上がり、パンプスの踵《かかと》でビニールタイルを蹴る。それでも腹立たしさは収まらず、不動産業者の男性の番号を呼び出してスマホを耳に当てた。

「もしもし」

「久米川です。メールを読みましたけど、ひどすぎませんか。こっちが歩み寄ったんだから、そっちもちょっとぐらい」

「そう言われましてもねえ。あとは司法書士か弁護士を通じて交渉していただくしか」

「そんなお金があったら、値切ったりしませんよ……わかった。値上げは構わないし、更新料も払います」

「本当ですか!?」

男性が声を弾ませる。前のめりになったのもわかった。すかさず、さくらは続けた。

「本当です。だから一階の駐車場をコンビニか百円ショップに変えて、部屋から直接行けるようにして下さい。それがダメなら……お風呂をジェットバスに、とか?」

「なに言ってんですか。無理に決まってるでしょ」

落胆した様子で、男性の口調がぞんざいになる。さくらはさらに訴えた。

「なんで?　世の中ギブアンドテイク。三歩進んで二歩下がる」

「……久米川さん、引っ越しましょう。ただし、うちで物件を紹介するのはパスですけど」

「えっ、ちょっと」

焦ってスマホを握り直した拍子に、唾《つば》が気管に入ってしまう。激しく咳《せ》き込み、呼吸も苦しくなる。背中を丸めて喉《のど》を押さえ、さくらは飲み物の自販機に向かった。ポケットから財布を引っ張り出し、硬貨をつまんで投入口に入れて適当にボタンを押す。ブザーとともに取り出し口に落ちてきたアルミ缶をつかみ、プルトップを引いて中身を喉に流し込んだ。

「まずっ！」

咳《せき》は少し治まったが、飲み物は甘ったるい上に粉っぽく、おまけに炭酸がキツい。缶を見ると、茶色を基調とした安っぽく派手なデザインで、商品名は「スパークリング お汁粉」。味の正体がわかると、まずさはさらに増し、気持ちが悪くなってきたが咳を止めるために仕方なく、二口、三口と飲んだ。

「もしもし？　どうしました？」

スマホのスピーカーから男性の声が聞こえる。構わず、さくらは目尻に滲《にじ》んだ涙を拭《ぬぐ》い、改めて自販機を眺めた。

形はごく普通だが、ボディは真っ白で飲料メーカーの名前は入っておらず、上に「激安！　100円」と書かれた大きなシールが貼られている。ガラスの向こうに並んだ飲み物のサンプルはどれも初めて見るものばかりで、「スパークリングコーンポタージュ」「ゴーヤミルク」「つぶつぶとんぶり入り青汁」等々、コンセプトも需要もよくわからないラインナップ。しかも、同様の自販機が三台も並んでいる。

「前からこんなのだっけ？　数も一台だけだったような」

かすれ声で呟き首を傾《かし》げたとたん、胸に強く黒い閃《ひらめ》きを覚えた。

「もし〜し。久米川さん、どうしました？」

男性にわめかれ、さくらはスマホを構え直した。自販機のガラスに映った顔はにんまりと笑っている。

3

廊下を、ゴム長靴の足音が近づいて来た。急須を棚に置き、さくらは振り返った。

同時にドアが開いて、正丸と秋津が業務管理課に入って来る。

「お疲れ様で〜す」

湯飲み茶碗とマグカップを載せたお盆を抱え、自分の席に向かう二人に、にこやかに歩み寄る。

「そろそろ戻る頃だと思って、お茶を淹れました。どうぞ」

「珍しいじゃない。なになに。どういう風の吹き回し？」

さくらが差し出す湯飲み茶碗を受け取り、正丸はマスクや帽子を外して机に置き、脱いだコートは椅子の背もたれに掛けた。

「ちょっといいことがあって。秋津さんも、どうぞ」

ぬふふ、と笑い、秋津の机にも湯気の立つカップを置く。無言の会釈で応え、秋津は椅子を引いて座った。いつも以上にだるそうだが、寒さのせいで鼻の頭だけが赤くなっているのが、かわいい。

正丸も椅子に腰かけ、凍えた手を温めるようにして湯飲み茶碗をつかみ、口に運んだ。

「いいことって？　……苦っ！」

とたんに顔をしかめ、湯飲み茶碗を机に戻す。続けて、秋津がぼそりと言った。

「こっちは薄い」

「久米川さん。お茶を淹れる時は、湯飲みに交互に注《つ》がなきゃダメでしょ。基本の『き』だよ。もう、何度言わせんの」

口直しのつもりか、引き出しからのど飴《あめ》を出して正丸はぼやき、「飴ちゃんいる？」

と秋津にも勧めた。

「すみません。でも、安心して下さい。超ナイスな閃きで、契約更新の件は無事に解決しましたから」

「別に心配してないけどね――で、どうしたの？」

目をらんらんと輝かせるさくらを冷ややかに見て、正丸が問うた。

「大家さんに、『条件を聞く代わりに、アパートの前に飲み物の自販機を置いて欲しい』って頼んだんです。真夏とか夜中とか、飲み物が切れて困ることが多かったし、他の住人にも感謝されるはず」

「無茶言うねえ。断られたんでしょ？」

「初めは。でも、『半年後に、通りの先のビルにゲームセンターが入る。住人以外のお客も使うし、儲《もう》けはがっぽり』って伝えてもらったら、手のひら返しでＯＫ。相手のがめつさを、逆手に取った作戦です」

「なんでゲームセンターが入るってわかったの？　半年後じゃ、工事もまだでしょ」

「所轄署にいる知り合いに、うちの近所に風俗営業の届け出がないか調べてもらったんです。飲み屋さんとか夜のお店だけじゃなく、ゲームセンターやパチンコ店、麻雀《マージャン》店も届け出て許可をもらわないと、開店できないんですよね」

腰に手を当て大いばりで返すと、正丸は騒ぎだした。

「なにそれ。職権乱用じゃない。まずいよ。バレたらどうするの」

「仕方がないじゃないですか。こっちも生活がかかってるし。ねえ、秋津さん?」

「強欲大家と腹黒店子《たなこ》……『類友《るいとも》』ってやつね」

ふっ、とついた息で顔に垂れた前髪が揺れる。正丸にもらった飴で片方の頬《ほお》が膨らんでいて、これまたかわいい。

「なんとでも言って下さい。とにかく私、やり遂げました」

達成感を全身にみなぎらせ、さくらが拳《こぶし》を握った時、机上のスマホから浜田省吾《はまだしょうご》の「MONEY《マネー》」の着メロが流れだした。画面には「発信元:不動産屋さん」とある。

「もしもし?」

「久米川さん? さっきの件ですけど」

「はいはい。ちょうど噂《うわさ》をしてたところです。考えたんですけど、できればPASMOが使える自販機がいいかなあと。あと、どんな飲み物を入れるか住人のリクエストを聞いてもらえると」

「それですけど、実は事情が変わって」

「えっ!?」

声を上げたとたん、正丸と秋津がすっくと席を立って近づいて来た。身をかがめ、さくらの両脇で聞き耳を立てる。

「別の住人さんに、『虫が多くて、エアコンの効きも悪い』と言われたんです。アパートを見に行って、驚きましたよ。久米川さんの部屋、ベランダがジャングルみたいになってるじゃないですか。枝と葉っぱが外壁にも広がって、エアコンのダクトに入り込んでたんです。虫も原因は草ですね」

「私のせい？　洗濯は乾燥機を使うし、ベランダにはもう何ヶ月も出てないけど、そんなはずは」

言いかけて、ふと記憶が蘇った。

「そういや今年の夏、あんまり暑いからゴーヤで『グリーンカーテン』っていうのを作ろうと思ったんだ。でも、苗って数を揃えると結構高くて。だから、そのへんの空き地から適当な草を引っこ抜いてきて……あれ？　やっぱり私のせい？」

「ですね。間違いなく」

怒りと疲れの入り交じった声で、男性は返した。さくらは必死に言い訳を考え、その後ろで正丸が背中を丸めて笑い、秋津は呆《あき》れ顔で髪を掻《か》き上げている。憤慨しようと振り返ったさくらの耳に、男性の声が届く。

「大家さんはカンカンで、『雑草の撤去とエアコン修理の費用は、久米川さんに払ってもらう。もちろん、自販機の話はなし。契約を更新するかどうかも、考え直す』とおっしゃってます。ただし、『家賃をさらに二千円上げるなら、更新してもいい』そうです」

「つまり、更新料プラス家賃七千円アップ？　なにそれ。今日一日の苦労は」

「まったくのムダ、水の泡。あ〜あ。素直に、最初の条件でＯＫしてればねえ」

「強欲が、腹黒を撃破……昔もあったわ、そんなこと」

笑い転げる正丸に背中をばしばしと叩かれながら、秋津が遠い目で呟く。さくらには、それに反応する余裕はない。両手でスマホをつかみ、なんとかならないかと言葉を尽くして食い下がったが、男性は「じゃ、そういうことで」とそっけなく告げて、電話を切った。

「え〜っ。なんでこうなるの」

理不尽さと絶望感が胸に広がり、天井を仰いで嘆くしかない。正丸は、まだ笑い続けている。

と、スマホから河島英五《かわしまえいご》が歌う「時代おくれ」の着メロが流れた。

「もしもし、元加治くん？」

誰でもいいからすがりたくて、つい出てしまう。嚙《か》みつくように、元加治は応えた。

「おい、何度も電話したんだぞ。どうなってんだよ」

「あ」

「忘れてた」をかろうじて飲み込み、壁の時計を見る。午後五時二十分前だ。

「朝会った、階段の踊り場まで来い。大至急だ」

一方的に捲し立て、元加治は電話を切った。

仕方なく、さくらは業務管理課を出た。休憩コーナーで閃いてから自販機設置の件に夢中で、「マイカップ泥棒」の捜査は放置。容疑者さえ、つかめていない。しかしさくらはショックで頭がいっぱいで、機械的に足を動かして廊下を進むだけだ。

「あら。久米川さん」

少しして、声をかけられた。勝手に首が動いて振り向くと、傍《かたわ》らの休憩コーナーに小平がいた。ベンチソファに腰かけ、手にアルミ缶を持っている。

「あ、どうも」

「どう？　犯人は見つかりそう？」

「いえ。まだっていうか、それどころじゃないっていうか——飲んだんですか？　すごくまずいでしょう？」

力なく返しながら、小平が手にしたアルミ缶に「スパークリングお汁粉」の文字を読み取って問いかける。

小平はアルミ缶を持ち上げ、顔をしかめて頷いた。

「うん、ひどいわね。代わりのカップを買うのも気が引けて、このところ自販機で飲み物を買ってるのよ。でも、うちの階のはまずくて。別の階なら、と思って来たんだけど似たようなものね……まったく、なんのためにがんばったんだか」

きょとんとしたさくらに気づき、小平はアルミ缶を下ろして話しだした。

「今年の夏はすごく暑かったでしょ。だから庁内の自販機はすぐ売り切れになって、でも、一階の売店や外まで買いに行くのは面倒じゃない？　周りの人と『なんとかして欲しいわよね』ってグチってたら、他にも同じように思ってる人がいるらしいってわかって。で、いつの間にか『総務の担当者に、自販機を増設するように嘆願しよう』って話になったの」

「あ、だから三台になったんですね。すごい」

「まあね。初めのうち担当者は、予算がどうのって渋ってたけど、みんなでガンガンメールを送りまくったら、根負けしたみたい」

さっきと同じように自慢げな口調になり、小平は顎を上げて自販機を見た。つられて、さくらも目を向ける。小平は続けた。

「でも、なにを考えたんだか担当者のやつ、自販機を増やす時に別のメーカーのと替えちゃったのよ。最悪よね。また周りと、『メールで苦情を言ってやろうか』って話してるんだけど」

憎々しげな表情で、小平は腰を浮かせてまだ中身が残っていると思《おぼ》しきアルミ缶をゴミ箱に放り込んだ。

「はあ」

さっきのくじ引きや貼り紙の話といい、きっちりしてるっていうか、事を荒立てるのが好きっていうか。担当の人も、大変だっただろうな。

複雑な気持ちになり、「やっぱり『離れ小島』の『罰ゲーム』でよかった」とまとめようとした刹那《せつな》、頭の中でスパークが起きた。前回、前々回の事件の時と同じだ。しかし、それがなにを指すのかわからず、戸惑う。

「どうしたの?」

俯《うつむ》いて廊下に立ち、片手で頭を押さえ、もう片方の手の指は髪を巻き付けてせわしなく動かすさくらを、小平が怪訝《けげん》そうに見る。

「ええと、だから……小平さん。担当者にメールを送りまくった『みんな』って、誰かわかりますか?」

「ううん。知り合いの知り合いみたいな感じで、いつの間にか広がっていったから。メールの件も誰のアイデアかわからないんだけど、『代表者何人かで送ろう。小平さんもよろしく』って言われたの。他の人も同じだと思う」

「じゃあ名前とかどこの部署とか、全部で何人とか、お互いに知らないんですね?」

「多分」

うろたえ気味だが、小平は首を縦に振った。それを確認し、さくらは両手を下ろした。頭の中の情報と記憶の断片がすごいスピードで集まり、一つのかたちをなしていく。

「おいこら。『大至急』って言っただろ。なにやってんだよ」

廊下の奥から元加治の声と、靴音が聞こえた。さくらは振り向き、ぼんやりした顔と細く控えめな声を作って返した。

「あの～、犯人わかっちゃったんですけど」

そして素早く向き直り、こちらを見ている小平に告げた。

「今の、ドラマ『ケイゾク』の真似《まね》です。中谷美紀《なかたにみき》さんが演じた、ヒロインの刑事の決め台詞《ぜりふ》なんですけど」

解説してくれる秋津がいないので、自分でやった。それからぺこりと一礼し、さくらは、

「誰が中谷美紀だ。図々《ずうずう》しいんだよ！」

と騒ぐ元加治のもとに向かった。

4

警備の警察官にIDカードを見せ、さくらは白い息を吐きながら職員通用口から警視庁庁舎に入った。時刻は午前九時前。他の職員たちもコートにマフラー、手袋姿で寒そうに背中を丸め、続々と庁舎に入り一階のエレベーターホールに向かう。あくびをしながらホールでエレベーターの到着を待っていると、奥の方に気配を感じた。エントランスロビーに、小さな人だかりができている。なにごとかと、さくらは歩み寄った。

みんな、傍らの壁に貼られたなにかを見ているらしい。背伸びとジャンプをしたが見えないので、人だかりを掻き分けて前に出た。

貼られていたのは、大判のポスターだった。真ん中には、ワイシャツのボタンを三つ目まで開けダークスーツを着て、頭に黒いソフト帽をかぶった童顔・無精ヒゲの男性の写真。元加治だ。首を傾け、眉間《みけん》にシワを寄せて細めた目でこちらを見、左手は腰に当て、右手は親指と人差し指を立てるという「バキュ～ン！」と擬音が聞こえそうなポーズを取っている。そして横には、「ダメ。ゼッタイ。」のコピー。違法薬物乱用禁止運動のキャンペーンポスターだ。

「なにこれ。まさか、『全庁挙げて計画中の極秘プロジェクト』ってやつ?」

呟くのと同時に写真の元加治と目が合い、噴き出してしまう。人だかりの職員たちも、背中を丸めて笑ったり、なにか囁《ささや》き合ったりしてポスターを眺めている。スマホで写真を撮っている人もいた。

このポスターはさくらが入庁するずっと前から作られていて、モデルにはそのとき旬の女性アイドルが起用されることが多い。男性モデルのものも見た覚えはあるが、職員、しかもこんなビジュアルは初めてだろう。なにより、「アイドル扱い」を毛嫌いする元加治がそれを、というのが皮肉でもありおかしくもある。

笑いを堪《こら》え、さくらもスマホでポスターを撮影しようとしていると、スピッツの「ベビーフェイス」の着メロが流れた。

「元加治くん? おはよう。見たよ、『ダメ。ゼッタイ。』。すごいじゃない。キャンペーンボーイなんて、確かに『大抜擢』だわ」

「黙れ。ほっとけ。大きなお世話。俺の中では既に、『なかったこと』になってるから」

不機嫌丸出しで捲し立てる。また噴き出しそうになり、さくらは口を押さえて人だかりを離れた。

「『見た目を少しワルっぽく、ワイルドに』っていうのも、このためだったのね。いいじゃない。『頼れるアニキ』って感じで、新宿二丁目《しんじゅく》方面でも人気が出そう」

「うるさい。ムダ話をしてるヒマはない。これから捜査会議なんだ。この間の事件について動きがあったから、一応報告してやる」

「事件って、『マイカップ泥棒』？　あれからそろそろ二週間よね。何があったの？　まさか、犯人は別の人だったとか」

「いや。犯人は総務部の多磨幹人《たまみきひと》、三十三歳で間違いない。廊下でお前の話を聞いてすぐに他の被害者に『自販機増設の嘆願メールを送ったか』の確認を取り、担当者の名前も聞いただろう。なにより、多磨の元に急行してロッカーを開けたら、バッグから盗まれたカップがゴロゴロ出てきたじゃないか。速攻で部長に湯飲みを届けたけど、翌朝『無事に陶芸家に返せた。メールの件は昔の部下に頼み込まれて、内容もよくわからないまま送ってしまった』って言われて、ほっとすると同時に呆れたけどな」

あの日のドタバタを思い出したのか、元加治の声が疲れたものになる。ロビーの隅に立ち、さくらは返した。

「でも、多磨さんもちょっと気の毒。もともとメンタルが弱い人なのに、みんなに何度もメールでプレッシャーをかけられて、参ってたんでしょ？」

「ああ。しかもリース料が安いものに替える、って苦肉の策で自販機を増設したのに、今度は『まずい』って総スカン。利用者も減って上司に責任を問われ、追い詰められてブチ切れた。曰く『どうしても嘆願メールのメンバーに自販機を使わせて、「元はといえばお前らのせいだ」とわからせたかった』。だからって壁の貼り紙で置き場所を調べて、深夜にこっそりカップやら湯飲みを盗むっていうのが、セコいっていうか幼稚っていうか」

「多磨さんは、あれからずっと休んでるんでしょ。これからどうなるの？　『事件のことは、刑事部長が多磨さんの上司にだけ知らせた』って言ってたわよね」

「そう、それで報告なんだよ。窃盗罪だし、反省して『二度とやらない』と言ってるとはいえ処分せざるを得ないよな、と思ってたら、刑事部長のところに小平さんからメールが来てさ。『カップは無事に戻ったし、私たちもやりすぎた。処分は、できるだけ軽くしてあげて欲しい』そうで、他の被害者からも続々。刑事部長も同感だったらしいから、お偉いさんにかけあって、なんとか始末書と謹慎、減給で済みそうだぜ」

「よかった。小平さん、本当は優しい人なのね」

「ちょっと甘い気もするけどな。でもまあ、モノが飲料自販機だけに『清濁併せ呑《の》む』ってのもアリかな、と」

最後は気取った声になり、ふふふ、と笑う。「大人の男のエスプリ」のつもりだろうが、さくらからすればただの「オヤジダジャレ」。ほんわかした想《おも》いも、事件への関心もみるみる消えていく。

朝から木枯らしに吹かれたような気分になり、さくらはスマホを構え直した。

「ところで元加治くん。依頼を受ける時に言ってた、『礼』はどうなったの？　できれば、雑草の撤去とエアコン修理の費用を払って欲しいんだけど。このあいだ話したでしょ。なんとか契約は更新したけど、さんざんだったんだから」

「はあ？　なに言ってんだよ。自業自得だろ」

「あ、じゃあ、うちのアパートの前に自販機を置かない？　いい副業になるらしいわよ」

　再び強く黒い閃きを覚え、身を乗り出す。反対に元加治は、電話の向こうで身を引いたのがわかった。

「アホ。なんでそうなるんだよ。そもそもキャンペーンボーイも今回の事件も、お前の謎解きの身代わりをしてるのが原因で――いけね。会議が始まる」

　体よく電話を切ろうとする。そうはさせじと、さくらは会話のテンポを上げ、身振り手振りも交えて話し続けた。

「調べたんだけど、飲料メーカーとリース契約をする方法と、自分で自販機を買って置く方法があるらしいの。当然、儲けが大きいのは自分で買う方で、立地がよければ月五十万円は堅いって。そのうち何パーセントかは、大家さんと私にバックしてもらうとして」

「おいこら。大家はともかく、お前になんのバックだ」

「いいからいいから。で、自販機は中古で安いのを買うとしても、ネックは電気代で」

　喋っているうちに元気が出て、体も温まってきた。さくらはスマホを手に、頭では金勘定をしながらエレベーターホールに向かった。

第四話

無差別殺人!? さくらちゃん

Sakuradamon!

1

人通りが絶えたのを確認し、久米川《くめがわ》さくらは柱の陰から出た。緊張が高まり、届け物を装うために持参した茶封筒を、制服の胸にしっかりと抱く。

足音を忍ばせ、前後左右を見ながら廊下を進むと、目的地に着いた。ドアも窓もない小部屋で、幸い誰もいない。素早く中に入り、壁際の棚に向かった。

棚の上に鎮座するのは、幅五十センチ、高さ三十センチ、奥行き二十五センチほどの箱形の機械。正面の右端につまみが二つ並び、中央の扉はガラス張りだ。色は白で、つまみにふられた目盛り以外に、模様などは入っていない。飾り気がないというより、ちょっと安っぽい。しかし重宝されているらしく、外側も内側もピカピカ。壁には、使い方と注意事項を記した紙も貼《は》られていた。そこに「他部署職員の使用は許可を得てから!!」という赤ペンの文字を見つけ、さくらの緊張はさらに高まる。首を回して耳も澄まし、廊下の様子を窺《うかが》ってから、箱に手を伸ばした。

ハンドルをつかみ、そっと扉を開けた。続けてもう片方の手で茶封筒を探り、ラップフィルムに包まれた品を二切れ取り出す。底辺が丸みを帯びた、薄く大きな二等辺三角形。二切れを箱の中のガラス皿に載せ、扉を閉めるとようやく緊張が解け、代わりに期待が胸に湧《わ》いてお腹《なか》がぐう、と鳴った。口が緩むのを感じながら、つまみを回そうとしたとたん、

「はい、窃盗罪で現行犯逮捕」

と、斜め後ろで低く抑揚のない声がした。「ひっ」と悲鳴を漏らしはしたが、すぐに元加治《もとかじ》だと気づき、さくらは振り向いた。

「もう、おどかさないで。うちの階にはないから、ちょっと借りようと思っただけよ」

「これは刑事部で金を出し合って買ったんだぜ。つまり私物。あと、皿の上のそれ。昨日広報課が上の大会議室でやった、『ピーポくんファミリーと全国警察キャラクター懇親会』に出た料理だろ。業務上横領罪にもあたるな」

大いばりで告げ、顎《あご》で棚の上の電子レンジと、ガラス皿に並んだ二切れのピザを指す。

警視庁庁舎六階、給湯室。午前九時前。この階には元加治が所属する捜査一課の他《ほか》、

刑事部の花形部署がずらりと並んでいる。

たじろぎつつも、さくらは返した。

「違います。このピザは、懇親会の片付けをした時に『残り物だけど、持って帰っていいよ』って広報の人に言われたの。今朝食べようと思ったんだけど、寝坊しちゃったから持って来たの。『朝ご飯は一日の活力源。公僕戦士《こうぼくせんし》の基本』って言うし」

「なにが公僕戦士だ。お前なんか、いいとこ放牧豚児《ほうぼくとんじ》だ」

「出た、オヤジダジャレ――あれ？　元加治くん、大丈夫？　顔に死相が。ほのかに死臭も」

よく見ると、いつもはワックスでセットしている髪が乱れ、顔は青白く、大きな目も充血してクマができている。おまけに三つ揃《ぞろ》いのスーツは黒、ネクタイも黒の縦縞《たてじま》で喪服のようだ。

「縁起でもないこと言うな！　寝不足なだけだ。昨夜《ゆうべ》、ＪＲ蒲田《かまた》駅前のパーティスペースで、男性が亡くなる事件が起きたんだ。所轄署と手分けしてパーティの出席者とスタッフから話を聞いてたら、夜が明けちまってさ」

途中から眠たそうな顔になり、大あくびで話を締めくくった。

「ふうん。大変だね。ピザ食べる？　二口だけならいいよ」

「いらねえ、ってか見たくもねえよ。男性の死因もピザなんだ。会場で出された料理の一つなんだけど、毒物が混入されていたらしい。食べて間もなく、喉《のど》を掻《か》きむしって苦しみだし、大量の嘔吐《おうと》と吐血を」

「やめてよ～。食欲なくなっちゃうじゃない」

両手で耳を塞《ふさ》ぎ、レンジの中のピザを横目に訴えたが、元加治は平然と続けた。

「ウソつけ。風の噂《うわさ》で、『久米川《くめがわ》とゾンビ映画を見に行ったら、〝あ～、ユッケが食べたい。馬刺しでもいい〟って舌なめずりしてた』って聞いたぞ……それはさておき、難事件なんだよ。ピザを食べた出席者は他にもいたけど、全員無事でさ。毒物は、被害者が食べた一切れだけに混入されていたらしい」

「狙って仕込んだってこと？　でもカットされたピザのどの一切れを選ぶかって、直前までわからないわよね」

「ああ。だから捜査は、『ロシアンルーレット的な無差別殺人』の線で動いてる。しかしピザを含む料理は、作った人、運んだ人、会場でサーブした人がそれぞれ別で、毒を仕込む隙《すき》はいくらでもあった。出席者も同じで、しかも被害者を含む全員が化学薬品専門の物流会社の社員。仕事柄毒物の知識があって、入手もしやすい立場の人ばかりなんだ」

説明を終え、肩をすくめて手のひらを上に向けた。「こなれた大人の『お手上げだぜ』ポーズ」のつもりか。さくらには「勘違いキザ野郎」にしか見えず、うんざりしていると元加治は続けた。

「とはいえ、謎解きとかは期待してないから安心しろ。さすがのお前も、今回は無理だろ」

「なにそれ」

「さすがの」と「無理」が矛盾していて、褒められたのかけなされたのか、わからない。

「いいって。電子レンジは使わせてやるから、ピザを囓《かじ》りながら書類整理でもしてろ」

「ひどくない？　怒るわよ。私がマジギレすると、すごいんだから」

ついムキになって言い返す。

思い込みも多分にあるが、一部の「警察官」には、さくらたち「警察事務職員」を下に見る者がいて、事務職員同士のグチや悪口のテーマになっている。

「へえ。どんな風に?」

「どんな?　え～っと」

考えていなかったので、しどろもどろになる。なにが面白いのか、元加治は背中を丸めて笑いだした。カチンときて、さくらは背伸びをして元加治の顔を覗《のぞ》いた。

「無理じゃないって、証明するの。つまり……この謎、必ず定時までに解き明かしてみせる。腹黒の名にかけて!」

「なんだそれ。『金田一《きんだいち》少年の事件簿』の決め台詞《ぜりふ》のパクりじゃねえか。しかも改変してるし。自分で『腹黒』とか言うし」

「うるさい!　早く事件の資料を持って来て」

だだをこねるように、体の脇で拳《こぶし》を握った腕を揺らして迫る。それに圧《お》され、元加治は「わかったよ」と言って給湯室を出た。怒るとさらにお腹が減る。さくらはぶつくさと文句を言いながら、改めて電子レンジに向き直り、ピザの加熱を始めた。

ハガキの一枚を手に、さくらは顔を上げた。

「これ、よくないですか？『通報で　振り込め詐欺犯を　お・も・て・な・し』」

「そうね。だまされたフリで、網を張ってる感じがステキ……こっちはどう？『いいんだよ　前科《まえ》があっても　人間だもの』」

秋津《あきつ》が返す。向かいの席で、同じようにハガキを手にしている。

「はあ。でも、深すぎっていうか重すぎっていうか。『人間だもの』は、どこかで聞いた気がするし」

引き気味にコメントすると、秋津は返事の代わりに小さく首を傾《かし》げ、落ちてきた前髪を細く白い指で掻き上げた。

振り向いて、さくらは隣の正丸《しょうまる》を見た。

「課長はどうですか。なにか面白いのありました？」

「うん、まあね」

俯《うつむ》いたまま、心ここにあらずといった様子で答える。首を伸ばし、さくらは正丸の机を覗いた。

右側にこれから読むハガキがタワーのように積み上げられ、左側には読み終えたハガキがある。それはさくら、秋津と同じだが、読み終えたハガキの量が極端に少ない。

「大丈夫ですか？　今日中に全部チェックしなきゃいけないんでしょ」

問いかけて、足元の段ボール箱を見た。ニュースなどでお馴染《なじ》みの、側面に「警視庁」と印刷されたもので、中にはハガキがぎっしり詰まっている。同様の箱は、三人の机の脇に十近く置かれていた。

本日の業務管理課の仕事は、「交通安全・防犯標語コンクールの応募ハガキの整理」。住所・氏名などの記入漏れはないか、明らかに趣旨とずれている内容のものはないか、をチェックする。

「わかってるよ。でも正直、それどころじゃないっていうか」

「なら、私だって……もう、なんであんなこと言っちゃったんだろう」

後半は自分に向かって呟《つぶや》き、さくらは机の端に載せた封筒を見た。元加治からもらった、蒲田の殺人事件の資料だ。始業前にピザを食べたら元加治への怒りは収まったが、代わりに面倒臭くなってきた。

「朝から元気がないみたい。悩みごと？」

秋津が振ると、正丸はこくりと頷《うなず》き、喋《しゃべ》りだした。

「実はそうなんだよ。うちの下の娘、莉子《りこ》っていって小学校の二年生なんだけど——あ、ちなみにこれを編んでくれたのも莉子ね」

誇らしげに告げ、ワイシャツの腕に装着した毛糸のアームカバーをつまむ。ペパーミントグリーンの地にスカイブルーの縦縞。脇にピンクで「❤PAPA❤」と編み込まれている。かわいらしく編み目もきれいだが、素材がモヘアなので静電気が発生しやすい。装着し始めて数日経《た》つが、正丸はドアレバーやスチール棚に触れる度に「痛い！　バチッっていった」と騒いでいる。

アームカバーを撫《な》でながら、正丸は話を続けた。

「昨日の放課後、芽依《めい》ちゃんって友だちに『春休みに家族旅行でオーストラリアに行くの』って自慢されたらしいんだ。莉子のやつ、悔しくなって『うちもハワイに行くよ』って言っちゃったんだって」

「えっ!?　行くんですか、ハワイ」

「ウソに決まってるでしょ。そんなお金があるなら、エアコンを買い替えるって。ボロボロでさ、暖房を入れると『ジェットエンジン積んでる?』みたいな音がして、もう大変」

目を輝かせたさくらに冷たく返し、捲《まく》し立てた。お馴染みの手のひらで叩《たた》くようなポーズを交えているが、心なしかいつもより勢いがない。

「あれ？　なんの話だっけ——そうそう、莉子ね。『ハワイに行く』って言ったら、芽依ちゃんに『じゃあ休み明けにおみやげを交換して、写真も見せっこしよう』って約束させられちゃって、『どうしよう』って昨夜泣きついてきたんだ。嫁は『本当のことを話して謝りなさい』って言ったんだけど、莉子は『そんなのできない』って大泣きでさ」

「あちゃ～。やっちゃいましたね」

さくらがコメントし、秋津は、

「少女の無垢《イノセント》が、大人たちを錯綜《さくそう》させる……うずくわ、古傷が」

と呟いて、ハガキを持ったまま遠い目をした。

「嫁の言う通りだとは思うんだ。でも、元はといえば僕に甲斐性《かいしょう》がないからだし。なんとかしてやれないかと思って」

「ははあ。なら、別のところに行ったら？　グアムかサイパン、沖縄とか」

「それも無理。日帰りで熱海《あたみ》だって、うちじゃ大贅沢《ぜいたく》だもん」

哀愁漂う顔で、正丸はさくらの提案を却下した。秋津が言う。

「バイトを兼ねて旅行に行けば？　マレーシアかドバイ、ナイジェリアあたりに飛んで、荷物を受け取って来るの。交通費・滞在費支給、受け取り以外は終日フリー。そのうえ日給まで出て、マイルも貯《た》まる。知り合いのツテがあるから、紹介できるかも」

「それ、明らかにヤバいでしょ。要は運び屋で、荷物は百パー『持ち出しても持ち込んでもいけないもの』だし。捕まったらどうすんの。一家四人で投獄とか、悲劇通り越して惨劇だから」

しかめっ面で突っ込み、正丸が息をつく。閃《ひらめ》くものがあり、さくらは身を乗り出した。

「じゃあ、ハワイに行ったことにすれば？　おみやげはマカダミアナッツチョコをネットで買って、写真は合成。仕上げに日サロで肌を焼けば、誰が見ても『南国帰り』。余裕でごまかせますよ」

「また、そういう姑息《こそく》な考えを。芽依ちゃんちは近所なんだよ。春休み中、ずっと家にいたらバレちゃうじゃない」

「そうか……わかった。荷造りして家を出て、ビジネスホテルに泊まればいいんですよ。最悪、雨戸を閉めて電気も消して、物音を立てずに三、四日家に籠《こ》もるって手も」

「イヤだよ！　なんでそんな、街金に追い込みかけられた人みたいな生活しなきゃならないの……もう。こっちは真剣に悩んでるんだからね」

恨みがましく告げ、正丸はようやくハガキの整理に取りかかった。秋津も作業を再開し、さくらも倣《なら》おうとしたが事件資料が気になる。仕方なく、ハガキの山を隅に寄せて封筒をつかんだ。

中身は五枚ほどの書類と、データディスク。まず書類に目を通した。

被害者は武蔵《むさし》一彰《かずあき》さん、二十七歳。東京・平和島《へいわじま》にある「あかつき物流グループ」の社員で、三ヶ月ほど前に同僚の砂川《すながわ》万里子《まりこ》さん、二十五歳と婚約したばかり。仕事の都合で挙式が少し先になるため、まずは祝いの席を、と職場の仲間たちが企画したのが昨夜のパーティだった。

一彰さんは明るく仕事熱心で、職場・プライベートとも目立ったトラブルはなく、あかつき物流も規模は小さいが、経営は安定している。パーティの出席者やスタッフにも、今のところ容疑者と思《おぼ》しき人物はいない。

検視の結果から、死因は青酸性の毒物と断定。直径約五十センチのピザを二十に切り分けたうちの、一切れだけに混入していた。なお万里子さんは、「一彰さんは、皿に残った最後の一切れを取って食べた」と証言している。

「最後の一切れ……ふうん」

毒を盛ったものが残ったのか、残ったものに毒を盛ったのか。いずれにしろ、偶然食べてしまった可能性が高い。

続いて、データディスクをケースから出した。現場写真かと思ったが、ラベルには「パーティ会場映像」とある。パソコンにセットするとかすかな起動音がして、液晶ディスプレイに動画再生ソフトが立ち上がり、映像の再生が始まった。

最初に映し出されたのは、イーゼルに載った黒板。縁はモザイクタイルと造花で飾られ、チョークで「KAZUAKI ♥ MARIKO HAPPY ENGAGEMENT」と書かれている。昨夜のパーティ会場だ。カメラが横にずれると、横長のカウンターテーブルの前で受付をする出席者らしき男女がいた。仕事帰りの気楽な会らしく、みんな服装はカジュアルで、会社のユニフォームと思しきジャンパーにスラックス姿の男性もいる。

「はい。みなさん、続々と会場入りしてます」

映像に若い男性の声が重なる。撮影者だろう。カメラに気づいた出席者と親しげに挨拶する声も聞こえるので、たぶん一彰さんたちの同僚だ。画面右下に表示された撮影時間は、午後六時過ぎ。

一旦《いったん》映像は止まり、また始まった。時刻は午後七時前で、今度は会場内を映している。出席者は四十人ちょっと。歳《とし》は二十代後半から三十代半ばぐらいが多いが、中には五十代、六十代と思しき人もいた。

会場はフローリングの床に、白い壁。まだ新しくそこそこ広いが、数ヶ所ある柱にアクセントとして貼られたレンガは、本物ではなく壁紙にプリントしたもの。その上で煌々《こうこう》と輝くのは、ヤシの木やビールの名入りのネオン管で、ゴージャス感やセレブ臭といったものはない。みんな楽しそうで、周りの人や撮影者と話したり、壁際のテーブルに並んだ料理を覗いたりしている。サンドイッチやパスタ、ローストビーフに混じって焼き鳥やポテトサラダなどもあって、こちらもかなり庶民的だ。その真ん中にハート形の大きなケーキがあり、隣に切れ目の入った特大ピザが置かれていた。これが死因か。サラミやコーン、チーズなどが載っていて、見た目はごく普通だ。テーブルの前を、会場スタッフらしき白いシャツに黒いベストと蝶《ちょう》ネクタイの男女が行き来しているが、ピザに近づく人はいない。

しばらくして、突き当たりのステージに司会者と思しきスーツを着た男性が上がり、マイクを手に話しだした。やがて場内が暗くなり、スポットライトに照らされて主役の二人がステージに登場した。一斉に拍手が湧き、口笛を吹いたりヤジを飛ばす人もいた。流れるＢＧＭは、湘南乃風《しょうなんのかぜ》の「純恋歌《じゅんれんか》」。

「王道中の王道、っていうかベタ？」

突っ込みながらも、二人の輝くような笑顔はかなり羨《うらや》ましい。

スーツ姿の一彰さんは小柄だががっしりとした体つきで、短く刈り込んでフロント部分だけを立たせた髪と、白い歯が印象的だ。万里子さんは細身だが丸顔で、柔らかく親しみのある雰囲気だ。ベアトップの白いミニドレスも似合っている。

一彰さんたちがステージ上のテーブルに着くと、司会者の男性はシャンパンのグラスを手にした。同時に出席者にも、会場スタッフがグラスを配る。

「一彰くん、万里子さんの婚約を祝って。乾杯！」

司会者の男性が言い、あちこちから「乾杯！」の声とグラスを合わせる音が上がった。パーティが始まり、出席者は待ち構えていたように料理のテーブルに向かう。

いよいよだ。さくらが身を乗り出したとたん、画面がぐらりと揺れて映像は止まった。

「なによ、もう。ただでさえ手ブレしまくりで、気持ちが悪くなりそうなのに」

グチり、スカートの上から出っ張り気味のお腹を撫でた。ピザを食べて一時間ほどしか経っていないのに、もうお腹が空《す》いてきた。映像の料理のせいで、さらに空腹が増した気もする。昼休みが待ち遠しい。

再び、映像は始まった。乾杯の挨拶から四十分ほど経過している。カメラは会場内を移動し、宴もたけなわといった様子で料理を食べ、ビールやワインを飲み、語り合う出席者を順に映し、コメントをもらっていく。怪しい動きを見せる人はおらず、ちらりと映り込んだ特大ピザは、目をこらすと大半がなくなっていた。主役の二人もステージから下りて食事したり、記念撮影したりしているが、一彰さんは至って元気だ。

と、男性の声がしてカメラはステージを向いた。中央にスタンドマイクが置かれ、司会者の男性が立っている。

「ではスピーチタイムに移りたいと思います。あかつき物流以外の方もいるので一応自己紹介しますと、僕は下山口《しもやまぐち》といって一彰くんの先輩です。毎日一緒に倉庫で薬品の検品や梱包《こんぽう》の管理をしていて、会社の野球部も二人で立ち上げました。でも、練習の後のビールが旨《うま》すぎて尿酸値がとんでもないことになっちゃって、今は僕だけ休部中です」

そう言ってハンカチで額に浮いた汗を拭《ぬぐ》うと、出席者たちがどっと笑った。歳は三十代前半だろうか。小太りで髪も薄くなり始めているが、いかにも陽気で面倒見のよさそうな人だ。

下山口はさらに、「万里子さんは職場のマドンナで、男性社員みんなが『いいな』と思っていた。でも牽制《けんせい》しあって誰もアプローチできずにいたら、一彰くんがかっさらっていった」と暴露してさらに会場を沸かせ、ステージを降りた。

続いてマイクの前に立ったのは一彰さん、万里子さんの双方の上司で皆野《みなの》という五十代前半の男性。痩《や》せた神経質そうな人で、さかんに中指で銀縁メガネのブリッジを押し上げながら、「万里子さんの丁寧で正確な仕事ぶりを買っていたので、結婚退社は残念。一彰くんには、『なぜ今それを!?』的な物言いで驚かされることもあるが、裏表がなく、みんなに好かれている」と語った。

三人目は白久《しろく》という背の高い男性で、あかつき物流のドライバーだった。「一彰とは小学校からの付き合いで、いつも出来の悪い僕を助けてくれた。お互いのいいところと悪いところ、クセとか全部知ってて、十代の頃には一緒にヤンチャして周りに迷惑をかけたこともあるから、婚約は感無量」と号泣し、出席者の中にも涙ぐむ人がいた。

「ふうん……つまり、『行動力と男気はあるけど、率直すぎて空気が読めないところが玉に瑕《きず》の元ヤン』ってことか」

机に肘《ひじ》をついて顎を載せ、さくらは呟いた。液晶ディスプレイには、照れ笑いをしながらスピーチを聞き、料理を頬張《ほおば》る一彰さんがアップで映し出されている。

「なにブツブツ言ってんの？　それ結婚式のビデオ？」

タワーからハガキを一枚取りながら、正丸がこちらを見る。

「いえ、婚約パーティ。実は、また面倒な事件を抱えちゃって」

振り向いて話しだそうとした時、パソコンのスピーカーから、

「おい、大丈夫か!?」

と、撮影者の男性の声が流れた。はっとして目を戻すと、カメラは一彰さんを映し

続けている。しかし背中を丸めて顔をしかめ、うめき声を漏らしていた。うろたえた様子で、万里子さんが駆け寄って来る。

「どうしたの？　すみません、お水を」

万里子さんが振り向き、会場スタッフがテーブルに走る。なにごとかと、他の出席者も集まって来た。

と、一彰さんは床に膝《ひざ》をつき、悶絶《もんぜつ》の表情で喉を押さえた。うめき声はさらに大きく激しくなり、俯いたと思ったら激しく嘔吐した。複数の女性が悲鳴を漏らし、出席者は後ずさった。カメラも大きく揺れる。

「カズくん、しっかりして！　誰か、救急車呼んで」

万里子さんが裏返り気味の声で訴えた直後、一彰さんはさらに嘔吐し、前のめりに倒れた。カメラはさらに揺れ、その拍子に一彰さんの傍らに転がった白い皿とフォーク、ローストビーフらしき肉片、そして囓りかけのピザの一切れが映る。

「救急車！　急げ!!」

撮影者の切羽詰まった声とともに、レンズは下を向いて床を映し、上下に揺れた。スピーカーから慌ただしい男女の声と足音が流れ、そこに一彰さんのものらしい、うめき声と咳《せき》の音が重なる。そして映像は、ぶつりと終わった。

しばし呆然《ぼうぜん》とした後、さくらは視線に気づいて振り向いた。正丸が椅子《いす》から腰を浮かせて固まり、秋津もハガキを持ったまま、こちらを見ている。音声から事態を把握し、映像を覗きに行こうか行くまいか、迷ってるらしい。

「見ない方がいいですよ……う〜。ピザが逆流しそう」

二人に告げ、ムカつきだした胃をさする。しかしお腹は依然空いていて、昼休みが待ち遠しいのにも変わりはなかった。

2

「あ〜あ」

同時にため息交じりの声を漏らし、さくらと正丸は顔を見合わせた。首を傾け片手にハガキ、もう片方の手でペンを持ってサイドの髪を梳《す》きながら、秋津が無表情にコメントする。

「二人とも、完全に行き詰まったわね」

「そうだねえ。やっぱり嫁の言う通り、芽依ちゃんに謝るしかないのかな」

初めに返したのは正丸だった。読み終えたハガキを足元の段ボール箱に戻し、新たなハガキの山を出している。

「行き詰まるっていうか、うんざりっていうか。確かにこれ、難事件ですよ」

続いて、さくらも答えた。ちょうど同じくらいの高さになった、読むハガキと読み終えたハガキの山に肘を載せ、前のめりになって寄りかかる。

ハガキ整理をしながら、正丸は「ハワイ旅行のウソ」をごまかす手はないかと秋津も巻き込んで悩み続けているが、これといった策は浮かばない。一方さくらも資料を何度も読み、映像も見返したが手がかりは見つからなかった。時刻は、午後四時を廻《まわ》っている。

「無差別殺人に見せかけて、実は——とか思ったんですけど、どうやって毒を盛ったピザを被害者に食べさせたのかが、わからない。婚約者の万里子さんは、『一彰さんは誰かに渡されたり勧められたりせず、自分で最後の一切れを取って食べた』とも証言してるし。やっぱり無差別殺人なのかな……あ〜。頭がぼ〜っとしてきた。ストレスかも」

重ねた手の上に突っ伏し、机の下で足をブラつかせてボヤく。

「食べすぎでしょ。お昼ご飯の定食を大盛りにした上、三時のおやつのどら焼きは、僕が残した分まで平らげてたじゃない」

冷ややかに、正丸が突っ込む。言い返す元気もなく突っ伏したままのさくらの耳に、秋津の声が届いた。

「でも無差別殺人なら、もっとわかりやすいエリートとか、ゴージャスな会場を狙うんじゃないかしら。失礼だけど、被害者の方も会場も普通な感じなんでしょ」

「確かに。無差別殺人は恵まれてる人への八つ当たりや鬱憤《うっぷん》晴らしが、動機だったりするからね」

正丸も同意する。さくらは体を起こした。

「じゃあ、狙いは一彰さん？　……なんかもう、訳わかんない。定時までとか絶対無理だし、いっそ早退しちゃおうかな」

やさぐれ始めたさくらに、正丸が抗議の声を上げる。

と、室内にチャイムのような短いメロディーと、明るく能天気な男性の歌声が流れた。ラジオ「大沢悠里《おおさわゆうり》のゆうゆうワイド」のジングルで、歌うは毒蝮三太夫《どくまむしさんだゆう》。正丸のスマホの着メロだ。

「もしもし、ママ？　……うん、大丈夫だけど。どうかしたの？」

ハガキを放り出してスマホを構え、話しだす。秋津が手を止め、さくらも聞き耳を立てた。

「……そう。仕方がないか。結果的には、それが莉子のため——えっ⁉　なにそれ」

ふいに声を大きくして、正丸は立ち上がった。つられて、さくらたちの視線も動く。

両手でスマホを抱え込むようにして、正丸は妻の話を聞き、相づちを打ちながらこくこくと頷《うなず》いた。興奮しているのか、スマホからは時々妻の高い声も聞こえる。それが三分ほど続いてから、正丸は言った。

「ホント？　なんかすごいね。でも、よかったじゃない——うんうん、そうそう。とにかく、今日は早く帰るから……わかった。は〜い」

通話を終える頃にはすっかり落ち着いた口調になり、表情も晴れ晴れしている。スマホを置き、食い入るように自分を見ている、さくらと秋津に向き直った。

「報告があります。お騒がせのハワイの一件、無事に解決しました」

「えっ。どうやって？」

さくらの問いかけに、正丸は早口で答えた。

「嫁が学校から帰って来た莉子を説得して、芽依ちゃんちに謝りに行ったんだって。ところが、どうも芽依ちゃんの様子が変。で、出て来たお母さんに事情を話したら、なんと『芽依ちゃんのオーストラリア旅行の話もウソでした』と、衝撃の事実が発覚」

「な〜んだ。人騒がせですねえ」

さくらが笑い、秋津も頷いた。

「そう。無垢とは、時に罪作り……芽依ちゃんの十年後が楽しみだわ」

「驚いたけど、『お互い様。もうウソはなしね』って謝りあって事なきを得たんだ。で、ほっとして家に帰ろうとしたら、商店街で福引きをやってて、たまたま嫁が抽選券を一枚持ってたから、『これで元気出そう』って莉子に引かせたんだ。そうしたら、なんと」

「わかった！　ハワイ旅行が大当たり」

挙手して椅子を蹴り、さくらは立ち上がった。その拍子に山が崩れ、読むハガキと読んだハガキがごちゃ混ぜになったが、気づかない。

勢いよく頷き、正丸は右手の人差し指を立てた。

「ピンポ〜ン、正解。ただし、『日本のハワイ』だけどね。知ってる？　栃木《とちぎ》の『ハワイアン・スパパラダイス』。一等賞の無料宿泊券四人分が、たまたま残ってたんだって」

「いろんな温泉とホテルがあって、フラダンスのショーが見られるところですよね。よかったじゃないですか。本物のハワイ以上の価値がありますよ」

さくらは手を叩《たた》き、秋津もほっとしたようにハガキを取る。恭しく一礼し、正丸は続けた。

「ありがとう。さすがは僕の娘だよね。強運っていうか、転んでもただでは起きないっていうか。これも日頃のしつけの賜《たまもの》ってやつ？」

だんだん鬱陶《うっとう》しくなってきた。さくらの胸に、「しつけの賜なら、ウソはつかないんじゃないの？」と、邪悪な突っ込みがよぎる。構わず、正丸はしたり顔でさらに語った。

「これこそまさに『災い転じて福となす』、いや、『残り物には福がある』かな。欲をかかずに遠慮深くやっていれば、思わぬ幸福が転がり込んで来る、ってことですよ……つまり、久米川さんとは正反対」

「ひど～い。欲の欠片《かけら》もないし、気を遣いまくりなのに。それに必ずしも、『残り物には福』とは限りませんよ。現に一彰さんは、ピザの最後の一切れを食べたばっかりに――」

言いかけて、先が続かなかった。頭の中にいつものスパークが起きたのだ。続けて、ある映像が再生される。

フローリングの床にネオン管。並ぶ料理、談笑する人々。幸せそうな一彰さんと万里子さん。さっきの婚約パーティだ。

続いて、スピーチのシーンも再生された。汗を拭《ふ》き拭き、一生懸命マイクに向かう下山口さん。続いて、せわしなく何度も、メガネのブリッジを押し上げて話す皆野さん。最後は白久さんで、顔を真っ赤にして語りながら、小さな目からぼろぼろと涙を流している。そして重なる、「お互いのいいところと悪いところ、クセとか全部知ってて」の言葉……。

我に返るのと同時に、答えが見つかった。知らないうちに巻き付けていた髪を指から外し、さくらは机上のハガキを引っかき回してスマホを探した。目を輝かせ、正丸が身を乗り出した。

「犯人、わかったの？　元加治さんに電話？」

「あら、でも決め台詞は？」

怪訝《けげん》そうに、秋津も訊《たず》ねる。探し当てたスマホを操作しながら、さくらは返した。

「朝言ったので。ネタは温存しないと」

「あっそう。まったく、変なところが手堅いんだから」

正丸の呆《あき》れ声が、スマホを構えるさくらの耳に届いた。

3

翌日の午前九時前。珍しく元加治が業務管理課に来た。三つ揃い着用で懐中時計のチェーンを覗かせ、髪はきちんとセットしている。

「お陰様で、蒲田の事件は解決しました」

まず背筋を伸ばし、一礼する。自分の席に着いてお茶の湯飲みを持ったまま、正丸は訊ねた。

「それはご丁寧に。犯人は白久、だっけ？　被害者の幼馴染みだったんでしょ」

「ええ。最近白久が仕事で運んだ荷を調べたところ、少しずつですが、青酸系の毒物が抜き取られていました。それを突きつけて事情聴取をかけたら、あっさり自白しましたよ。『一彰は昔から〝遠慮の塊《かたまり》〟を平然と持って行くので、ムカついてた』そうです」

「『遠慮の塊』って？」

自分の席でお茶をすすり、チョコチップクッキーを囓りながらさくらは訊ねた。朝食はたっぷり摂《と》ってきたが、昨日頭を使ったせいか、甘い物が欲しくて仕方がない。

「複数の人で皿に一盛りにされた料理を食べた際、最後に残る一片のこと。誰もが気にしているが、『図々《ずうずう》しい』『あさましい』と思われるのでは？　と、手を出せない。別名『関東の一口残し』」

淡々と解説してくれたのは、秋津だ。首を傾け、片手に持ったスプーンで、カップのコーヒーに注《つ》いだミルクをゆっくり、気だるげにかき混ぜている。

「ははあ。つまり私の思った通り、ってことですね。職場での万里子さんも、似たような立場だったみたいだし」

「ああ。白久も万里子さんに好意を抱いていたが、周りを気にして何もできずにいたらしい。ところが一彰さんは、お構いなしに猛アタックして婚約しちまった。積もり積もったものが一気に爆発して、『許せない』となったんだ」

語りながら、元加治は壁際の棚に寄りかかり、胸の前で腕を組んだ。ついでに当たり前のように右の膝を軽く曲げ、つま先をぴんと伸ばして左足の前に立てる。漂う「キザオーラ」がカンに障り、さくらはクッキーを二枚同時に頬張った。欠片がぼろぼろと、机と制服のスカートに落ちる。

お茶を一口すすり、今度は正丸がコメントした。

「で、抜き取った毒物を持ってパーティに行き、ピザが最後の一切れになるのを待って仕込んだ、と。長年の付き合いで、『最後の一切れは必ず一彰が食べる』ってわかってるもんね」

「その通り。さすが正丸さん……これどうぞ。『日本のハワイ』に行かれると、小耳に挟んだもので」

元加治はポケットから小さな包みを出して渡した。正丸が包みを開けると、現れたのはアロハ柄のアームカバー。

歓喜の声とともに顔を上げた正丸に先んじて、元加治は手のひらで前髪を撫でつけながらこう告げた。

「ほんのお礼です。正丸さんの言葉が、事件解決につながった訳ですし」

「言葉って？」

きょとんとして、正丸が訊ねる。「やれやれ」と言うように眉《まゆ》を寄せて苦笑いをしてから、元加治は答えた。

「もちろん、『残り物には福がある』と『欲をかかずに遠慮深く』ですよ。久米川から聞きました。一彰さんは気を遣って、『遠慮の塊』を食べていたのかもしれない。でも白久には、『欲をかいて図々しい』と受け取られ、『福』どころか最悪の結末を招いてしまった。久米川も、そこにピンときたんだろ？」

「さあ。もう忘れた……課長。確か、もらいもののお煎餅《せんべい》がありましたよね？」

口の周りについたクッキーの粉を拭《ぬぐ》いながら立ち上がり、さくらはドア脇の棚に向かった。「甘いものの後には、塩《しょ》っぱいものが食べたい」のループに陥ったらしく、事件どころではない。

「昨日の話だろ！　まったく。体だけじゃなく、脳みそまで脂肪がびっちりついてるんじゃねえか？　……ヤバい。想像したら気持ちが悪くなってきた。おい、どうしてくれるんだ。ただでさえ今回の事件も俺の手柄になって、『職務への並々ならぬ熱意を汲《く》んで』とか言われて、特進で警視になっちまうってのに」

「警視!?　そりゃすごい！　お祝いしないと」

ごそごそとアロハ柄のアームカバーを腕にはめながら、正丸が声を上げた。拍手の代わりなのか、秋津もコーヒーを飲みながらスプーンでカップを叩く。しかし元加治は鼻を鳴らし、右足を前に投げ出した。

「冗談でしょ。今さら本当のことは言えないし、この先どうなるのか……久米川。責任を取れ。公僕戦士じゃなく、人としての基本だぞ」

「うるさいなあ。それより、ちゃんと約束は守ったんだから、二度と私たちを見下すような発言をしないでよ。あと、今後刑事部の電子レンジは使い放題ってことで」

「話をすり替えるな！　……秋津さん、助けて下さいよ」

自分に背を向けて棚を漁《あさ》るさくらに舌打ちし、元加治は話を振った。カップを置き考え込むような気配があってから、秋津は口を開いた。

「『今さら』でも正直に打ち明けて、昨日みたいに『残り物には福』を狙うしかないんじゃないかしら」

「いやいやいやいや」

真っ先に反応したのは、正丸だ。

「この場合、ふさわしいのはことわざじゃなく、四字熟語。『一蓮托生《いちれんたくしょう》』ってやつね……元加治さん、わかってますよね？　身代わり謎解きの件を知ってるのは、我々だけ」

後半は低く、含みたっぷりの声になる。焦って、元加治は何か返そうとしたが、それを制して正丸は続けた。

「つまり何が言いたいか、っていうと……『上司と、約束してんすよ』『その人は上へ行く、俺は現場で楽するって』『こんなところ来るヒマがあったら、もっともっと偉くなってくれって』」

妙に若ぶって芝居がかった口調。椅子に肘を載せて寄りかかっているのか、きいきいと耳障りな音もする。

元加治は再びリアクションを返そうとしたが、今度は秋津が先回りし、いつもの解説を加えた。

「一九九八年の映画『踊る大捜査線 THE MOVIE』より、織田裕二《おだゆうじ》演じる主人公・青島《あおしま》刑事の台詞。正しくは『現場で楽する』じゃなく、『がんばる』だけど」

「……なんか俺、思いっきり弱み握られてます？　泥沼どころか、底なし沼にはまった気が――ヤバい。久米川だけじゃない。この部署、全員腹黒だ！」

焦りと怯《おび》えの滲《にじ》む声でわめき、元加治が頭を抱えたのがわかった。タイミングを計ったように、天井のスピーカーから午前九時を告げるチャイムが流れる。

「はいはい、お仕事ですよ。今日の作業はデータ入力。定時退庁目指して、張り切っていきましょう」

何ごともなかったかのように手を叩き、正丸は机に向き直った。秋津は早くもパソコンのキーボードを叩き始めている。

「ほら、久米川さんも。ぐずぐずしない」

「ふぁい」

探し当てた煎餅の袋を抱えて一枚をくわえ、さくらは返した。そしてまだなにかわめき続けている元加治の脇を抜け、自分の席に戻った。

第五話

容疑者がいっぱいさくらちゃん

Sakuradamon!

1

「――だから言ってやったの。『横瀬《よこせ》さんって、〝カオナシ〟みたいね』って」

「えっ。カオナシって、アニメ映画の『千《せん》と千尋《ちひろ》の神隠《かみかく》し』に出てくるあれ？　白くてデカいお面っぽい顔で、全身真っ黒な」

「そうそう。基本『あ』とか、『え』とかしか言わないキャラ。横瀬さんに似てない？あの人、なにか言う前に必ず『あ』や『え』をつけるでしょ」

「つけますつけます。『あ、はい』とか『え、そうなんですか』とか。声の感じも、似てますよ」

「でしょ。でも意味がわからなかったらしくて、口を半開きにしてぽか～んとしてるの。それがまた、そっくりで」

「ちょっと、やめて下さい。顔真似《まね》はパス」

一人が笑い転げ、他の女性たちもどっと沸いた。揃《そろ》いの制服を着て、横並びで会議机に座っている。机上には書類とプリントされた写真の山がいくつかと、文房具。順番に取ってクリップやホチキスで留めていかなくてはならないのだが、女性たちの手はほとんど動いていない。

「これ、ひょっとして一日中聞かされるんですか」

ため息をつき、久米川《くめがわ》さくらは声をひそめて隣の秋津に問いかけた。女性たちの一列後ろの席に着いている。

「でしょうね……右端の赤いカーディガンは新井《あらい》、隣の水玉のシュシュは薬師《やくし》、真ん中の黒いショールは武州《ぶしゅう》、左端のショートカットは中川《なかがわ》。全員地域総務課で、新井は元『野猿《やえん》』の追っかけ、薬師は『朝バナナダイエット』に失敗して体重二キロ増。他《ほか》にもいろいろ知ってるけど、今日はこれぐらいにしといたるわ」

醒《さ》めた視線を女性たちの背中に走らせ、秋津が返す。なぜか最後は関西弁。確かさくらが生まれる前から活躍している、お笑い芸人のギャグだ。

さくらたちの机上にも、文面と写っている画像は違うが書類と写真、文房具が載っている。指示された仕事も同じで、周りの机でも他の職員たちが作業している。中央最前列の机には、プリンターが数台。脇にはデジタル複合機が置かれ、写真をプリントしたり書類のコピーを取っている者もいた。ワイシャツにネクタイを締めた男性もちらほらいるが、ほとんどは女性だ。

警視庁庁舎九階・小会議室、午前十時過ぎ。

各部署から手の空いている事務職員が集められ、ずらりと並んだ机について、夕方に開かれる捜査会議用の資料を作っている。大きな事件が起きたらしく、書類や写真の量も膨大だ。

さくらも秋津、正丸《しょうまる》とともに招集されたが、日頃厄介者扱いをされているせいか、居心地《いごこち》が悪い。足は自然と壁際・最後列の机に向かい、作業を始めたはいいが、前に陣取った女性たちが喋《しゃべ》りだした。「寒い」「だるい」「なんでこんなことしなきゃならないの」というグチに始まり、職場や芸能人の噂話《うわさ》、そして少し前からは同僚の悪口だ。

「正丸さんはいいなあ、楽しそうで」

並んだ山から書類を取る手を止め、さくらは斜め前方を見た。

反対側の壁際の最前列。席に着いているのは五、六人の女性職員で、制服のデザインが微妙に違うので部署はバラバラだが、年齢は四十代後半から五十代と高め。「お局《つぼね》」と呼ばれる古参職員のようで、こちらもひっきりなしにお喋りをしているが手は止めず、慣れた様子で資料を作っていく。その真ん中にいるのが、正丸。お局たちとは旧知の仲らしく、会うなり「久しぶり〜。お元気？」と駆け寄って行った。女性の中に男性が一人の「黒一点」状態だが気にする様子はなく、お局たちと一緒に活《い》き活《い》きと作業をこなしている。今日のアームカバーは、唐草模様。「泥棒コント」の小道具の風呂敷包みでお馴染《なじ》みの柄だ。「コントとはいえ、泥棒を想起させるものを警視庁職員が身につけていいのか」という疑問を感じるのは、さくらだけらしい。

「ホント、新人でもないのにあの使えなさはすごいわよね。そのくせ、こういう時はタイミングよく休むし」

笑いが引き、また前の席で悪口が始まった。

「法事とか言ってたけど、怪しいもんよね。今日の作業のこと、知ってたんじゃないの」

「でも、いたらいたで大変よ。必ずミスするもん。書類や写真の順番を間違えるどころか、上下が逆さまになってたり」

「『全部表紙』みたいなのを作ったり……やるやる、もう絶対」

「だけど、叱《しか》られてもけろっとしてるのよね。鈍感っていうか、図太いっていうか」

「ね〜」

声を揃《そろ》え、頷《うなず》き合った。後ろで聞いていたさくらは、俯《うつむ》いて噴き出してしまう。

「面白いじゃないですか。私は好きだけどな、横瀬さんって人」

「……これもまた、『類友《るいとも》』？」

囁《ささや》くさくらに前を向いたまま無表情に返し、秋津は机の端に置いたペットボトルのお茶を取った。

「なんですか、それ……前の人たちって、絶対修学旅行で先に寝た友だちの悪口を言ってたタイプですよね。私のクラスにも、いたな。寝たふりして全部聞いてて、帰りの列車の中で、寝言を装って暴露してやりましたけど」

パニック状態となった車中の記憶が蘇《よみがえ》り、うけけ、と笑う。ノーコメントで、秋津はお茶を飲んでいる。

その後も女性たちの悪口は続き、さすがにうんざりしてきた。作業にも飽き、お茶を飲んでスマホを弄《いじ》っていると、周りの席の職員に咎《とが》めるような目で見られた。仕方なく作業の確認を装い、さくらは目の前の書類の山から数枚を取って読んだ。

事件は三日前、足立《あだち》区の北千住《きたせんじゅ》で起きた。被害者は繁華街にあるバー「しのぶ」のママ・志乃《しの》ぶ、本名・浦山口淑子《うらやまぐちとしこ》さん、五十四歳。午後五時過ぎに出勤して来た男性従業員が、店内で倒れているのを発見した。駆けつけた救急隊員が死亡を確認、首にヒモのようなもので絞められた跡があった。また現場にはバケツや洗剤、雑巾《ぞうきん》などが散らばり、浦山口さんの腕時計と指輪、レジの金が奪われていた。

「掃除をしていたところを、強盗に襲われたのか。よくあるのよね、開店前とか閉店後」

呟《つぶや》き、書類の脇から写真の山を見た。

手前は、しのぶの外観のショットで、汚れてひび割れた外壁に店名が白く染め抜かれたテントの庇《ひさし》、色の褪《あ》せた木のドア、といかにもな雰囲気だ。

隣は事件現場。古びた赤いカーペットの床に、浦山口さんが仰向《あおむ》けで倒れている。痩《や》せて筋張った体を派手な紫のミニ丈スーツで包み、腰には黒いエナメルの極太ベルトを締めている。ヘアスタイルはきついパーマのかかったロングで、前髪は根元から立ち上げたうえ、いくつかの束を額に垂らしている。かっ、と見開いた小さな目の上にはワサビを彷彿《ほうふつ》とさせる緑のシャドウがたっぷり塗られ、こちらも苦しそうに大きく開かれた口を飾るのは、青みがかったピンクの口紅。傍らの床は水で黒く濡《ぬ》れ、バケツと、固く絞り棒状になった雑巾、洗剤のスプレーボトルが転がっていた。

「ところが、そうじゃないみたいよ」

言われて顔を向けると、いつの間にか秋津も書類を手にしていた。さくらが読んでいたものの、続きのページらしい。

「被害者の浦山口さんは店の上に住んでいて、調べたら乱闘と指紋を拭《ふ》き取った跡が見つかったんですって。加えて、浦山口さんは周りの人に『ここだけの話、知り合いが勤めてる医療機器メーカーが上場する。株を買えば必ず儲《もう》かる』と持ちかけ、五千万円近いお金をだまし取っていたそうよ。いわゆる未公開株詐欺ってやつね」

「ははあ。じゃあ、犯人は詐欺の被害者？　自宅で絞殺して、強盗の仕業に見せるために遺体を店に運んだとか」

「多分ね。でも詐欺の被害者はバーの常連客や元従業員、出入り業者や行きつけの店まで四十人以上いるみたい。捜査一課と詐欺事件担当の捜査二課が調べてるけど、体面を気にして被害を否定したり、行方《ゆくえ》をくらました人もいるって。結果、動機があってアリバイのない人、つまり容疑者は十人ちょっと」

「そんなに!?　だから捜査資料が多いんだ」

納得して、さくらは周りの机に載っている写真を見た。容疑者または詐欺の被害者と思《おぼ》しき顔、自宅か勤め先らしき建物が確認できた。傍らの書類には、それぞれの情報が記されているのだろう。

資料作りを再開しながら、秋津が訊《たず》ねた。

「で、YOU《ユー》はどう思うわけ?」

「なにを? てか、その口調やめて下さいってば」

「この事件よ。元加治《もとかじ》くん、昨今のイケイケドンドンぶりのせいで『当然これも解決できるよな?』って、プレッシャーかけられてるみたいよ」

「イケイケドンドンって……どうでもいいですよ。容疑者が多すぎだし、資料を読んでるだけで定時になっちゃいそう」

「それもそうね」

あっさり引き下がり、秋津は腕を伸ばしてさくらの前の山から写真を取った。浦山口さんの遺体が写っているものだ。空いた手で落ちてくるサイドの髪を押さえ、じっと眺める。つられて、さくらも再度写真を見た。

さっきも感じたが、服装といい髪型といい時代遅れ、というより「バブル丸出し」

だ。

「でも、こういう人って時々いる。悪いけど、自分的に一番イケてた頃で時間が止まっちゃってるみたい」そう思いつつ、トサカのような前髪やボディコンスーツに目を走らせた。

「あれ?」

「どうかした?」

秋津がこちらを見た。ふわりと漂う、ジャコウ系の香水のかおり。

「この写真、なんか変じゃないですか?」

「こういうのが、おしゃれだった時もあるのよ……スーツはPINKY&DIANNE《ピンダイ》。フューシャピンクの口紅はディオールの475番、あるいはサンローランの19番かも」

写真に見入ったまま、後半はお約束の遠い目になって秋津が呟《つぶや》く。

「いえ、そういうことじゃなく」

言いかけたが、なんなのかはわからない。センスはともかく、隙《すき》のない化粧をしてスーツもぴしっと着ている。ベルトは光沢が強く目を引くが、金属のバックルに反対側の先端を通し、穴に棒状の金具を刺す、というごく普通のもの。よれたりずれたりもしていない。バケツと洗剤はまだ新しく、固くまっすぐに絞られた雑巾は、ツイストドーナツを彷彿とさせた。

悩み始めた刹那《せつな》、隣の席の女性が咳払《せきばら》いとともに刺々《とげとげ》しい目を向けてきた。仕方なく、さくらは「ああ。『お立ち台の白クジャク』と呼ばれたあの頃」等、呟き続けている秋津には構わず、作業に戻った。

2

しばらくして昼休みになったが、「作業が遅れてるから」と代表者が買って来たコンビニのおにぎりを食べながら、資料作りを続けさせられた。午後三時近くになってようやくめどが立ち、休憩となった。職員たちがどっと廊下に出て、さくらと秋津も続いた。

ドアを開けて覗《のぞ》くと、トイレはがらんとしていた。

「よかった。空いてますよ」

後ろの秋津に告げ、さくらは中に進んだ。奥に個室のドアが並び、手前の壁際に長方形の鏡と洗面台が二つある。

洗面台の脇のカウンターに化粧ポーチを置き、秋津はコンパクト、さくらはリップグロスを出した。

小会議室に近いトイレは満員だったので、フロアの端のここまでやって来た。あまり利用者がいないのか、空気がよどみ足元は冷えるが掃除は行き届いていて、カウンターの端には淡い青のガラスの一輪挿しが置かれ、赤いデイジーが生けられている。

「かわいい」

キャップの先のチップで唇にグロスを塗りながら、さくらはデイジーを眺めた。床も壁もトイレのドアも真っ白で輪郭が曖昧《あいまい》な室内が、そこだけシャープで生命力に溢《あふ》れていて、心が和んだ。

「いつも飾ってあるのよ。ステキな気遣いね」

コンパクトと壁の鏡を交互に眺め、目尻や小鼻の周りにパフでファンデーションを塗りながら秋津が返す。職員だけではなく、庁内の設備の状況にも詳しいらしい。

ばたん、とドアが開き、どやどやと人が入って来た。化粧ポーチを手にした制服姿の四人、地域総務課の女性たちだ。

「ちょっと〜。ここ、寒くない？　——あ、すみませ〜ん」

「ホント。エアコン代、ケチってるんじゃないの——どうも〜」

赤いカーディガンを着た新井と、長い髪を水玉のシュシュで束ねた薬師が作り笑顔で会釈し、さくらたちの左右に身を滑り込ませて化粧ポーチを置く。続けて肩にニットの黒いショールをかけた武州とショートカットの中川も来て、さくらたちの間に立った。

顔をちゃんと見るのは初めてだが、これといった特徴はない。新井と薬師は三十過ぎ、武州と中川はさくらより二、三歳上か。

「新井さん。そのグロス、すごくいい色ですね」

「そお？　中川さんのチークも、かわいい」

「薬師さん、肌きれ〜い。私なんか、乾燥でボロボロなのに」

「なに言ってんのよ。武州さん、つるつるのピカピカじゃない。二十代の余裕ってやつ？」

職場での上下関係を匂《にお》わせつつも、他愛のないガールズトーク。ありふれた光景だが、さくらは「私には無理。女の先輩が秋津さんだけでよかった。やっぱり離れ小島最高。罰ゲーム万歳」としみじみ思う。

ところが新井たちは盛り上がるにつれ動作が荒っぽくなり、鏡を覗き、化粧道具を持った手を動かす度にぐいぐいと押してくる。さくらたちは、あっという間に洗面台の前からはじき出されてしまった。

リップグロスのボトルとキャップを手に呆然《ぼうぜん》と四人の背中を見るさくらの肩に、秋津が手を置いた。わずかに眉《まゆ》を寄せ、首を横に振っている。「面倒臭いから、相手にしない方がいい」の合図か。

釈然としないものを感じながらも、さくらは秋津のコンパクトの鏡を借り、その場でグロスを塗った。構わず、女性たちはお喋りを続けている。

「そういえば、横瀬さんってメイクも変よね」

「ていうか、雑？　メイク直しをしてるところを見たことないし、グロス以外は朝やったまんまなんじゃないかな」

ボス格らしい新井が話を振り、同期と思《おぼ》しき薬師が受ける。すかさず、後輩の武州と中川が「確かに」「絶対そうですよ」と賛同した。

「化粧ポーチは持ってるけど、安くてちゃちいやつ。あれ多分、なにかの景品か雑誌の付録だわ」

「え〜、あり得ない。じゃあメイク用品も安物ね。百円ショップで買ったやつ。しかも古くなっても、『もったいないから』って延々使ってる」

新井たちのやり取りに武州たちが、「いや〜」「こわ〜い」と眉を寄せて騒ぎ、四人でどっと笑う。それを聞きながら、秋津はぐったりした様子で髪を搔《か》き上げているが、さくらは背中を丸め、化粧ポーチを隠すのに必死だ。なぜなら、ポーチは雑誌の付録で化粧品は百円ショップのものだから。いつ買ったのかも思い出せないグロスやマスカラを使い続けているのも、そのままだ。

「どうしたの？」

怪訝《けげん》そうに、秋津が顔を覗き込んできた。

「なななななんで——ひょっとして、横瀬さんと私って似てます？」

「……かもね」

抑揚なく、秋津が言った。しかし眼差《まなざ》しには、「やっと気がついたか」の意図が漂っている。

「にしたって、あんな言い方しなくても。『もったいない』は、海外でも注目されてるトレンド用語。てか、文句があるなら直接言え、って話で——」

かたん、小声で憤慨するさくらを遮るように、洗面台で音がした。振り向くと、カウンターの一輪挿しが倒れている。脇には新井の化粧ポーチと化粧道具の数々。

「やだ！」

新井は慌てて化粧ポーチをつかみ、化粧道具を掻き集めた。一輪挿しからはデイジーが飛び出し、中の水がこぼれてカウンターに広がっている。

手のひらでポーチの底を拭い、新井は顔をしかめた。

「なによもう。濡れちゃったじゃない」

「大丈夫？　邪魔な花瓶ねえ。誰が置いたのかしら」

「余計な気遣いするならエアコンの温度を上げろ、って話ですよ——あ、拭いておきますから」

「私も。ティッシュ足りる？」

騒ぐ新井を薬師がなだめ、武州たちはポケットティッシュを出して水を拭き、一輪挿しを起こした。デイジーを拾おうとした中川に、新井が言う。

「捨てちゃっていいわよ。こんなところに置く方が悪いんだから」

躊躇《ちゅうちょ》するそぶりを見せたものの、新井のきつい口調に圧《お》され、中川はデイジーを手に壁際のゴミ箱に向かった。

「ちょっと」

怒りを抑えきれなくなり、さくらは口を開いた。驚いて動きを止め、中川がこちらを見る。しかし新井の耳には届かなかったらしく、さらに言った。

「アイブロウが濡れてる。ダメになっちゃったかも」

「大変。よければ私のを使って」

薬師が差し出した黒いペンシル型のアイブロウを受け取り、新井は鏡を覗きながら眉を描き始めた。

「さっきの続きだけど、横瀬さんのメイクってとくに眉毛が変じゃない？　右と左で、描き方が全然違うの」

「私も思ってました。太さも濃さも、バランスがおかしいですよね。あと、眉頭と眉尻にメリハリをつけすぎて、習字で書いた漢字の『一』みたいになってるの」

「ちょっと、武州さん。笑わせないでよ」

新井が噴き出し、武州と薬師も笑う。

天井にわんわんと響く笑い声が怒りを増幅させ、さくらは拳《こぶし》を握って新井たちの背中を睨《にら》んだ。一方で、「ひょっとして私の眉毛も?」と不安がよぎり鏡で確認したくなったが、中川が戸惑い顔で見ているので、できない。

顔を鏡に近づけ、重ね塗りしたグロスをチェックしながら薬師が言った。

「当たり前だけど、鏡って左右が実際とは逆に映るじゃない? だから自分では自然なつもりでも、人から見ると『なんか変』みたいになっちゃうのよね」

「ああ、そういうこと」

「すごい。さすがは薬師さん」

新井たちが感心し、さくらも思わず「なるほど」と頷きそうになった時、頭の中に火花が散った。「なんか変」なぜか薬師の言葉が繰り返される。

さっき私も同じことを思った。なんでだっけ? 指にくるくると髪を絡め、必死に頭を巡らせた。

そうだ、現場写真だ! 閃《ひらめ》くのと同時に、画像が浮かぶ。

苦悶《くもん》の表情で横たわる浦山口さん。どぎつい紫のボディコンスーツには、黒いエナメルの極太ベルト。その脇に転がった、バケツと洗剤。雑巾は、ツイストドーナツ状に絞られている。

「来たのね。例のスパーク」

斜め後ろから、秋津が低く厳かな声で告げる。頷き、さくらは振り返った。顎《あご》を上げ、低く気取った声を作り無表情に告げる。

「実に面白い」

中川がぽかんとして、新井、薬師、武州は振り向いた。

「福山雅治《ふくやままさはる》？」

「ドラマの『ガリレオ』？」

「主人公の、湯川《ゆかわ》教授の決め台詞《ぜりふ》よね」

ファンなのか、怪訝そうだが勢いはよく、滑舌も滑らかだ。自分の台詞を奪われた秋津が、顔に落ちた髪の隙間から恨めしそうに見る。

スカートのポケットを探り、さくらはスマホを取り出した。湯川教授を意識し、ちょっとキザっぽい動きになった。

3

ドアを開け、白いタイルの床を進んだ。壁の鏡に視線を走らせると、その下のカウンターに置かれた青いガラスの一輪挿しに気づいた。生けられているのは黄色い水仙だが、見覚えがある。

がたごとと音がして、奥の個室から清掃員の女性が出て来た。歳《とし》は六十代半ばだろうか。白髪頭にパーマをかけ、小柄小太りの体を淡いペパーミントグリーンの作業服に包み、雑巾を持った手にピンクのゴム手袋をはめている。壁際には、補充用のトイレットペーパーと洗剤、ゴミ箱などが載ったワゴンが置かれていた。

大あくびをしながら、さくらは会釈をした。

「ご苦労様です」

「はい、どうも」

にこやかに返し、女性は隣の個室に入った。さくらも向かいの個室に入り、ドアを閉めて施錠し、便座に腰かけた。

朝一で九階に届け物を命じられた。帰路、廊下を歩いていたら眠くなったので一休みしようと目についたトイレに入ったのだが、昨日秋津と来たのと同じ場所のようだ。便座のヒーターの温かさが心地よく、体の力が抜けて頭もぼんやりしてきた。向かいから聞こえる掃除の音が、だんだん小さく、遠くなっていく。

「――で、昨日の夜、犯人が逮捕されたんだって」

がくん、と頭が前のめりに揺れるのと同時に、ソプラノの女性の声がした。はっとして、さくらは目を開けて体を起こした。

薄暗い個室の中で制服のスカートのポケットを探り、スマホを出す。トイレに入ってから、五分ほどしか経《た》っていなかった。胸に安堵《あんど》が広がり、スマホを戻して左右の壁にぶつからないように腕を上げ、伸びとあくびをした。

よくこうして仮眠を取っているが、ぐっすり一時間以上寝入ってしまい、秋津や正丸に電話で起こされることも珍しくない。少し前にはそれでも目が覚めず、庁内中のトイレを探し回られ、そのうちの一ヶ所でドアから中の様子を窺《うかが》っていた正丸が痴漢と間違われる、という事件も起きた。

「それ、聞いた。未公開株詐欺の被害者だったんでしょ。まだ二十代の女性」

別の、少し舌足らずな声の女性が答える。浦山口さんの事件の話をしているらしい。鏡の前にいるのか、ポーチの中で化粧道具がぶつかり合う音も聞こえるが、昨日の新井たちではない。

さくらは腕を下ろし、耳を澄ました。向かいではまだ女性が掃除中らしく、さっきとは別の個室が、がたごといっている。

「うん。だまし取られたお金は消費者金融から借りたもので、返済日が近づいて焦ってバーのママを訪ねたんだって。でも、『知ったことか。警察に訴えれば？ ただし、インサイダー取引であんたも捕まるよ』って逆に脅されちゃったそうよ」

「ああ。その手のウソで、被害を訴えてきた人を脅す犯人がいるんだってね」

詳しいので刑事部の職員、あるいはマスコミ関係者かもしれない。ここ九階には、新聞社やテレビ・ラジオ局などのいわゆる「記者クラブ」が入っている。

グロスかマスカラのキャップを開ける音がして、ソプラノは続けた。

「でも犯人は切羽詰まってるし、言い合いになって首を絞めちゃったみたい。それからママを着替えさせて化粧もして、店に運んで強盗を装った」

「そっか。でも、なんでバレちゃったの？」

舌足らずが問いかけたが、グロスまたはマスカラ塗りが山場なのか、ソプラノは答えない。緊張し、さくらは洟《はな》をかもうとトイレットペーパーを引き出していた手を止めた。

衣擦《きぬず》れの音がして、ソプラノは返した。

「スーツのベルトと、雑巾。ほとんどの人は、ベルトはバックルが体の左側に来るように巻くじゃない？　で、雑巾は右手で上を押さえて外側に絞り、左手で下を押さえて内側に絞る。でも、現場の遺体はバックルが右にあって、雑巾も逆に絞られてた。さて、なんででしょう」

「ちょっと、じらさないでよ――わかった！　犯人は左利きだったんじゃない？」

「正解！　使いやすさとか力の入れ加減で、逆さまになっちゃうんだって。でも、ママは右利きだから」

「なるほど～。単純なことだけど、ぱっと見はわからないかも。その間に容疑者が逃げちゃってたかもしれないし。気づいた人、すごいね。誰だろう」

感心して舌足らずが息をつき、さくらはトイレットペーパーをつかんだまま、

「私です」

と呟いてほくそ笑んだ。頭の中に、現場写真のベルトと雑巾が蘇る。さくらは右利きなので、違和感を覚えたのだ。新井たちがぽかんと見守る中、元加治に電話したのも思い出す。

しゅっ、と袋からポケットティッシュを引き抜く気配があり、舌足らずは続けた。

「じゃあ、容疑者の中から左利きの人をピックアップしたのね。でも、それだけじゃ逮捕はできないでしょ。証拠は?」

さくらも同じことが気になり、元加治に確認しようと思っていたので、再び耳を澄ました。

グロスまたはマスカラをポーチに戻してファスナーを閉め、ソプラノは答えた。

「髪の毛。容疑者に左利きは二人いて、そのうちの一人はママ行きつけのヘアサロンの美容師だったの。で、勤め先のサロンにあった髪の毛を調べて、現場で採取したものと照合したら、同じ人、しかも事件当日に女性がカットした男性の毛が見つかったんだって。もちろん、その男性はママとは無関係で、アリバイもある。反対に美容師は、犯行時刻の前に『具合が悪い』と言って早退してたそうなの」

「それは言い逃れできないね。美容師なら、ママの髪型とか化粧とか再現するのもお手のものだろうし」

「うんうん、そうそう。でも、証拠が見つかって超ラッキー」心の中で同意し、さくらはこくこくと頷いた。

「で、捜査一課の元加治さんって刑事に、警視総監賞が贈られるんだって」

ソプラノの言葉に、さくらはまた動きを止めた。

「じゃあ、左利きの件に気づいたのは元加治さん？」

「わからないけど、警視総監は大喜びみたい。『すぐに贈呈式をやる。マスコミも集めろ』って、準備させてるらしいよ」

「ふうん。すごいね」

やり取りを聞きながら、さくらはポケットのスマホを出した。

知らないうちに、大量の通話とメールの着信があった。送信者は元加治。メールの件名は「俺だ」「出ないと殺すぞ！」「マジでヤバいって」「お願いだから、出て」等々。時間の経過とともに追い詰められていく様が、リアルだ。が、一瞥《いちべつ》しただけで電源を切り、さくらはスマホをしまった。

「そりゃ大ごとだ……でもまあ、私には関係ないし」

呟き、湊をかんでいるうちにソプラノと舌足らずはトイレを出て行った。そろそろ仕事に戻ろうと、さくらも腰を上げてスカートに寄ったシワを伸ばした。

「あ、おばさん。おはよう」

新たな利用者が来たらしく、ドアの方で女性の声がした。やや低めで、のんびりしたトーン。まだ若い。

「あら、おはよう。昨日は会わなかったわね。お休み？」

清掃員の女性が答え、水を流す音が続く。いつの間にか洗面所に移動し、作業を続けているようだ。

「うん、親戚の法事だったの。でも昨日は捜査資料作りが大変だったみたいで、新井さんたちに迷惑をかけちゃった」

聞くなり、昨日の小会議室でのやり取りを思い出した。

「ひょっとしてこの人が、横瀬さん？」ぴんときて、さくらは顔を上げた。

「お互い様だし、気にすることないわよ」

「でも私、失敗ばっかりしてるから。さっきも『横瀬さんの眉毛っておしゃれ。最近は、アシンメトリーが流行だもんね』って言われたんだけど、『アシンメトリー』ってなにかわからなくて」

さくらもわからなかったが、新井たちの口ぶりと表情が想像でき、ムカムカしてきた。しかし横瀬は、のんびりと続けた。

「考えて、『ひょっとして、遊びの名前ですか？　尻取りとかセミ捕りみたいな』って訊《き》いたんだけど違ってたみたいで、みんなに大笑いされちゃった。でも、ウケたからいいかな」

最後に、てへへ、と笑う。

「ああ、もう。そんなこと言ったら、やつらの思うツボなのに」さくらの胸に、苛立《いらだ》ちと切なさがこみ上げた。しかし、自分も同じ場面に遭遇したら同じようなことを言いそうな気がする。

水の音が止まり、清掃員の女性は息をついた。

「ホントにもう、呑気《のんき》っていうか天真爛漫《てんしんらんまん》っていうか。最近だと、『天然』とかいうんでしょ」

「え、それ私のこと？　――あ、おばさん。今日のお花は水仙なのね。嬉《うれ》しい。私、大好きなの」

一輪挿しを手に取っているのか、横瀬は声を弾ませた。女性の声も明るくなる。

「そう？　娘がフラワーアレンジメント教室に通ってて、毎日のようにお花を持って帰って来るのよ。家には飾りきれないし、捨てるのももったいないじゃない？　だからここに生けてるんだけど、邪魔じゃないかしら」

「全然。ほら、お使いや通勤の途中で、ふっとキンモクセイの香りがしたり、窓から雪化粧した富士山が見えたりすることがあるでしょ。そういう、一瞬だけど季節を感じる時間って、すごく大事だと思うの。おばさんのお花も同じ。春には菜の花、秋にはコスモスとか、考えてくれてるもんね」

口調に変化はないが、心からそう思っているのが伝わってきた。女性も同じように感じたらしく、少し黙った後、静かに返した。

「あんたはぼおっとしてるようで、ちゃんと周りを見てる。ただそれが、他の人とはちょっと違うだけ。世の中にはそういう人も必要よ。自信を持ちなさい」

沈黙。恐らく横瀬は、ぽかんとしているのだろう。しかしすぐに元気よく頷く気配があり、

「うん。ありがとう」

と返した。気づけば、さくらの胸のムカムカや苛立ちも消えている。

「お陰ですごくやる気が出てきた。よし、仕事がんばろう……おばさん、またね」

力のこもった声で告げ、横瀬はドアを開けて出て行った。

「ちょっと、トイレは？　いいの!?」

うろたえる女性の声を聞きながら、さくらは焦ってカギを開け個室を出た。横瀬の顔を見て、話したいという強い衝動にかられた。

驚いて振り向いた女性の脇を抜け、さくらは小走りでドアに向かった。廊下に飛び出し、左右を見る。しかしドアが並んでいるだけで、人影はなかった。

探しに行こうとして、押しとどめる力を胸に感じた。

同じ職場で、自分に似た人が陰口を叩《たた》かれ小バカにされながらも、自分だけの「目」を持って働いている。そして、それを認めてくれる人がいる。顔を見なくても、それだけで十分。嬉しくて頼もしく、ちょっと誇らしい。

焦りは消え、自然と笑顔になった。

「私もがんばっちゃおうかな……ただし、定時まで」

さくらは踵《きびす》を返し、足取りも軽く廊下を歩きだした。

第六話

時間がないぞ さくらちゃん

Sakuradamon!

1

ドアが閉まり、エレベーターは上昇を始めた。紙袋を抱え、久米川《くめがわ》さくらは奥の壁に背中をつけて寄りかかった。

「あ～、もう。最悪」

呟《つぶや》くのと同時に、心と体が重くなった。他《ほか》に人はいないので、その場に座り込んでしまいたくなる。

チャイムが鳴って、エレベーターが警視庁庁舎の二階に着いた。ドアが開き、英語と思《おぼ》しき賑《にぎ》やかな話し声が聞こえてきた。のろのろと顔を上げたさくらの目に、エレベーターホールに立つ数人の白人男性の姿が映る。みんな背が高くがっちりして仕立てのいいスーツを着て、笑顔だが目は笑っていない。二階にはＶＩＰ用の応接室があるので、そこの客だろうか。

と、男性の一人が身を引き、奥の一人が姿を現した。三つ揃《ぞろ》いのスーツに、懐中時計のチェーン。元加治《もとかじ》だ。流暢《りゅうちょう》な英語で男性たちと言葉を交わし、握手もしているが、身長差が激しいので、大人と子どものようだ。

　男性たちに見送られ、元加治はエレベーターに乗り込んだ。操作パネルの脇に立ち、「閉」ボタンを押しながら男性たちに手を振り、笑顔で挨拶する。が、ドアが閉じるなり手は止まり、笑顔も消えた。

「おはよ」

「おう」

　さくらの挨拶に短く返し、隣に来て壁に寄りかかった。流れる沈黙。エレベーターは上昇を続ける。

　ふう、と二人のため息が重なった。

「なんだよ。柄にもなく」

「そっちこそ、どうかしたの？　新しい事件を抱えてるんでしょ。ホームセンターのやつ」

　さくらの脳裏に、昨日見たニュースが蘇《よみがえ》る。

　三日前。東京・練馬《ねりま》区内のホームセンターから所轄署に、「倉庫の園芸用肥料が盗まれた」と通報があった。それだけならありふれた事件なのだが、盗まれた肥料は硝酸カリウム、木炭、硫黄《いおう》。どれも黒色火薬の材料で、量も多い。捜査の結果、同店でアルバイトをしている二十七歳の男性が、事件の翌日から行方不明になっているとわかった。

「ああ、あれな。作り方はネットでいくらでも調べられるし、爆弾を仕掛けられちゃ大変だから、うちが行くことになった。でも、今のため息は別件……やっぱり今年の正月、厄払いに行くべきだった。そもそも俺、今年本厄なの？　それとも後厄？　そういや、『女は7の倍数、男は8の倍数が節目の年齢』ってのも読んだな。『養命酒製造』さんのホームページだ」

「ブツブツ言っちゃって、こわ〜い。てか、なんで養命酒？」

「ほっとけ。それもこれも、お前が」

「あ、そうだ」

思い出し、さくらは紙袋の中の小さな箱をつかんだ。ケーキやクッキーのイラストが入った包装紙でラッピングされ、リボンもかかっている。

「いま荷物を取りに地下一階の文書収集室に行って来たんだけど、それとは別にこれも届いてたの。おいしそうじゃない？　たぶん中身はお菓子よね」

「ホント、食うことと寝ることしか考えてねえな。箱を見て『おいしそう』って、どんだけ意地汚いんだよ」

顔をしかめる元加治には構わず、さくらは紙袋を床に置いて箱のリボンを外し、包装紙をはがした。その拍子に、包装紙に貼《は》ってあった宅配便の伝票が目に入る。

「あれこれ、うちじゃなく捜査一課宛《あて》だ。荷物や郵便物の仕分け棚のスペースが隣り合ってるから、係の人が間違えちゃったのね。まあいいか」

「よくねえよ。勝手に開けるな」

「まあまあ。運び賃で一個だけちょうだいよ——でもなんか、お菓子じゃないっぽい。ちょっと重いし、カチコチ音がする」

箱に耳を当てて首を傾《かし》げると、元加治はさくらの手から包装紙を取り、伝票を見た。

「送り主の中井佑《なかいたすく》って、ホームセンターの事件の容疑者だぞ。住所も同じ。ヤバい、爆弾だ！」

「まさか。収集室でX線とか、セキュリティチェックをしてるでしょ」

「万が一ってこともあるだろ。動くな！　蓋《ふた》を開けるなよ」

元加治は操作パネルに駆け寄り、最寄《もよ》りの階でエレベーターを停《と》めた。ドアが開き、乗り込もうとする人々を手を突き出して止める。

「乗らないで！　爆発物の恐れがあります」

人々ははっとして、誰かに知らせるのか身を翻して駆けだした男性もいた。しかし、さくらは動じない。

「あ〜あ。後で叱られても知らないから。爆弾にしちゃ軽すぎだし、容疑者と同姓同名の人か、イタズラでしょ」

言いながら箱の蓋に手をかける。目を剝《む》き、元加治は叫んだ。

「やめろ！」

上半身を乗りだし腕も伸ばしているが、へっぴり腰で足はじりじりと後退していく。止めたいのか逃げたいのか、わからない。

「もう、平気だってば」

明るく返し、さくらは蓋を開けた。元加治が喉《のど》の奥から変な声を出し、エレベーターホールの人々は悲鳴とともに散り散りに逃げる。

現れたのは、エアクッションと目覚まし時計。時計はかまぼこを縦に引き延ばしたような形の白いプラスチック製で、文字盤の下に小さな液晶画面があり、今日の日付が表示されている。文字盤の針は現在時刻を示していて、午前十時前。赤いアラーム針は「5」を指していた。

「ほら～。なんともないじゃない」

振り向いて箱の中身を見せた時、エアクッションと時計の間のメモに気づいた。取り出すと、黒いサインペンでイラストのようなものが描かれている。大きな長方形が一つあり、その中に小さな正方形が間隔を空けて横並びに二つ。その下に、少し右側にずれるかたちで、横長の細い四角形が一つあった。

「なにこれ。ねえ、なんだと思う?」

メモをかざし、さくらは前進した。また変な声を出して元加治が後ずさり、ホールの奥から人々がさらに遠くに逃げる足音と悲鳴が聞こえた。

「遅いよ～。なにやってたの」

ドアを開けるなり、ぼやかれた。

「すみません。エレベーターの中で、ちょっと」

会釈して紙袋を抱え、さくらは会議室に入った。しかし、声の主である正丸《しょうまる》の姿はない。見回すと、右手奥二十メートルほどの壁の前にいた。制服のワイシャツにネクタイ、スラックスに革靴姿でママチャリに乗り、ゆっくり走らせている。

「荷物は届いてた？」

「はい。持って来ました」

頷《うなず》き、紙袋をダークグレーの絨毯《じゅうたん》敷きの床に下ろす。ただでさえ広い部屋だが、長机を一つだけ残して備品は外に出してしまっているので、がらんとして音と声がよく響く。

ママチャリを漕《こ》ぎ、正丸が近づいて来た。ブレーキをかけ、さくらの前で停止するのかと思いきや、サドルから腰を浮かせて体重を前輪にかけ、浮き上がった後輪を左足で右側に強く蹴る。車体は反転し、ぴたりと停まった。

「ジャックナイフターン……アドレナリンどっぱどぱだ！」

サドルに座って床に足をつき、正丸はにやりと笑った。「ジャック〜」は今の技の名前、「アドレナリン〜」はマンガかドラマの台詞《せりふ》か。

「すご〜い！　課長、自転車の運転が上手《うま》いんですね」

「まあね。鍛えられたから。娘二人を三段変速のママチャリの前と後ろに乗せて、保育園の送り迎えやらスーパーに買い物やら、爆走したもんだよ。ご近所でも評判になって、ついたあだ名が『三速の貴公子』。もちろん、交通法規は遵守しましたよ」

したり顔で説明し、胸の前で腕を組む。今日のアームカバーは黒い布製のよくあるやつだが、ラインストーンやビーズ、スパンコールなどで隙間《すきま》なくデコレーションされている。真ん中にはデカデカと「PAPA」の文字。例によって妻または娘の手作りのようだが、「引っかかって邪魔なんじゃ」「照明に反射して眩《まぶ》しくない？」という疑問が浮かぶ。

「ははあ。貴公子ね」

長くなりそうなので受け流し、さくらは紙袋から引ったくり防止用の前かごカバーを出した。ナイロン製で銀色、正面にクマのキャラクターイラストが描かれている。顔はかわいらしいが、大きなアフロヘアで、色は派手なピンク。身につけている警察官の制服と帽子もピンクだ。

「これ、『ぺーパちゃん』っていうんだよね。このあいだ発表された、警視庁の新しいマスコットキャラクター。『ピーポくんのいとこ』って位置づけなんでしょ」

「でも、いいのかなあ。公募したらしいけど、見た目といい名前といい、どう考えても某落語家一門の――」

「それは置いといて、仕事仕事。今日は二人だけなんだから、がんばらないと」

「秋津《あきつ》さんは、有給でしたっけ。『イベントに出る』とか言ってましたけど」

「うん。丸《まる》の内《うち》のなんとかって複合商業施設の、二十五周年記念。開業当時は大学生で施設内のレストランでバイトしてて、お客さんが選ぶミスコンテストみたいなので優勝したらしい。イベントでは歴代のミスが勢揃いして、今年の優勝者を祝福するんだって」

「二十五周年記念のビルの開業当時に、大学生……ってことは」

つい推定年齢の計算を始めたさくらを、正丸が手を叩《たた》いてせかす。

「はいはい。動かすのはお口じゃなく、お手々。床は掃除したから、次は自転車磨きね」

言いながらママチャリを降りてスタンドをかけ、ドアの脇に向かう。タイヤの空気入れと工具が置かれ、傍《かたわ》らには掃除機と粘着ローラークリーナー、洗剤や雑巾《ぞうきん》の入ったバケツ、アルミ製の脚立もあった。

庁舎最上階、十七階。大小の会議室や武道場、食堂や喫茶室があり、会議室の一つを使ってこれからペーパちゃんグッズの宣伝写真を撮影する。ぬいぐるみや携帯ストラップ、クリアファイル等あって、庁舎の見学や警視庁主催のイベントの参加者に配るという。前かごカバーもその一つなのだが製作に時間がかかり、少し前に業者から完成品が届いた。今日のさくらたちの業務は、撮影の準備と手伝いだ。

突き当たりの窓の前にママチャリを移動させ、磨き始めた。前かごカバーを装着して撮影すると聞いているが、ふだんは交通部が安全教室などで使っているものなので、汚れたり細かなキズがついたりしている。

作業開始から三十分。膝《ひざ》を曲げて座り、雑巾でサドルや前輪のスポークを磨いていた。さくらは、ため息をついて手を止めた。車体を挟んで反対側に腰を下ろし、ブラシと竹串《たけぐし》でペダルに詰まったゴミや石を取り除いていた正丸が、顔を上げた。

「あらあら、ため息なんかついちゃって。ひょっとして今日も寝坊して、朝ご飯抜き？」

「いえ。ご飯はがっつり食べたんですけど……実は私、仕事を辞めようかなって」

「なにそれ!?　寿《ことぶき》退職、のはずないから『自分探し』？　それとも『リセット願望』？」

「なのかなあ。今朝はすごく眠くて、地下鉄を降りた後もしばらくホームでぼ～っとしてたんですよ」

「『今朝は』じゃなく、基本『いつも』ぼ～っとしてるけどね」

ペダルのゴミ取りを再開しながら、正丸が突っ込む。さくらは続けた。

「そしたらふと、壁の駅名標っていうんですか？　中に蛍光灯が入ってるやつ。あれが目に入ったんですよ。『桜田門《さくらだもん》』って書いてありました」

「そりゃそうだ。最寄り駅は桜田門、加えてこのあたりの旧称は『外《そと》桜田門』。だから警視庁は、通称『桜田門』って呼ばれてるんだから」

「それは知ってますけど、駅名をじ～っと見てたら気づいちゃったんです」

「なにに？」

「私、『桜田門』で働く、久米川『さくら』なんですよ！」

顔を突き出し、スポーク越しに訴えた。きょとんとして、正丸が見返す。

「で？」

「ダジャレじゃないですか！　しかも、ひらがなにすると『さくらだもん』で、萌えキャラみたいだし。狙ってやってる、って思われたらどうしよう」

「『狙う』って誰になにを？　それ以前に今さら？　何年も働いてるのに、気づかなかったの？」

再び、今度は啞然《あぜん》として突っ込まれたが、さくらの耳には入らない。

「もう最悪。『改名する？』って思ったんですけど、面倒臭そうだし。かといって、東京メトロさんと宮内庁さんに、『駅と門の名前を変えて』っていうのも無理っぽいし」

「無理だね。全方位的に、絶対不可能」

「でしょ？　なら、勤め先を変えるしかないかな、って」

嘆くとともに絶望と理不尽さが胸に満ち、さくらは床にお尻をついて脚を前に投げ出した。

「あっそう……いやまあ、そう思い詰めなくても」

脱力した後、正丸は「やれやれ」といった様子で語りかけ、後ろの窓に歩み寄った。天井まである大きな窓だ。

「さすが最上階だねえ。絶景絶景。ほら、見てごらん。桜が満開だよ」

弾んだ声で告げ、膝の高さほどの窓枠の上に載ったごつい双眼鏡を取って構える。

いつの間に、どこから持って来たのか。疑問を感じながら、さくらも立ち上がって窓の前に行った。

真下に法務省の赤れんが棟の起伏に富んだ瓦屋根《かわら》が見え、奥には日比谷《ひびや》公園とお濠《ほり》を挟んだ皇居外苑《がいえん》の緑が広がる。その向こうの丸の内のビル群は、排気ガスか靄《もや》のせいで少しかすんで見える。季節は春を迎え、柔らかな日差しがふりそそぐ中、晴海《はるみ》通りや日比谷通りをたくさんの車が走り、観光客やジョギングのランナーが行き交っている。正丸の言葉通り、公園と外苑の桜は満開。淡いピンクの花がお濠の深緑色の水に映え、コンクリートとアスファルトの街を彩っている。立ち止まって眺めたり、写真を撮っている人の姿も確認できた。

双眼鏡を構えたまま、正丸はのんびりと言った。

「馴染《なじ》みのある建物も、アップにしたり上から見下ろしたりすると、全然違って見えて面白いよね」

「はあ」

「いいじゃない、『桜田門』の『さくら』。きれいだしゴロもいいし。なくてはならないもの、って気がするよ」

「ですかねえ」

話がズレている気はしたが、心遣いは嬉《うれ》しく、桜がきれいなのも本当なので相づちを打った。外は風もなく暖かそうで、お濠の土手の芝生も勢いよく葉を茂らせている。

「あそこで昼寝したら、気持ちいいだろうな」そう思ったとたん、あくびがこみ上げてきた。

2

さくらたちが準備を終えるのと同時に、カメラマンと広報課の職員が来た。撮影は順調に進み、正丸は「ママチャリの手入れの巧《うま》さと、またがった時の馴染みっぷりが最高」とカメラマンに絶讃《ぜっさん》され、前かごカバーの「乗車使用例」のモデルに抜擢《ばってき》された。昼休みを挟んで撮影は続き、「外の光でも撮影したい」と一行は退室、さくらと正丸は残って次のカットの準備にとりかかった。

制服のスカートのポケットから、矢沢永吉《やざわえいきち》が歌う「キザな野郎」の着メロが流れた。

さくらはペーパちゃんのキーホルダーを机に並べる作業を中断し、スマホを構えた。

「もしもし、元加治くん？」

「泥棒。うちの双眼鏡、返せ」

出るなり、ぶっきらぼうに責められた。窓枠に目をやり、さくらは返した。

「ああ。あれ、捜査一課のだったんだ。さすがにいいのを使ってるね。さっき私も使ったけど、外にいる人が食べてるお菓子とか広げてるお弁当とか、細かいところまでばっちり見えて、お腹《なか》がグー」

「『グー』じゃねえ、『バッド』だろ。パクったあと空になったケースに、双眼鏡と同じ重さの文鎮やらホチキスやらが詰め込んであって、こっちに来て蓋を開けるまで気づかなかった。この用意周到かつ腹黒ぶりは、業務管理課の仕業に違いねえ、と思ったがやっぱりか」

「パクったなんて、ひどい。借りただけよ。『こっち』ってどこ？　なんで双眼鏡？」

憤慨し、当事者を振り向く。しかし正丸は準備そっちのけでママチャリにまたがり、タイヤの空気入れと脚立をカラーコーン代わりに床に置いて、スラローム走行を繰り返している。「曲がってくれ、俺のハチロク！」「ウホ！」「やらないか？」等々、意味不明の言葉を発しているのは、モデル抜擢でテンションが上がったままなのだろう。

「丸の内のオフィスビル。双眼鏡は監視用。爆弾を見つけた場合、離れて処理班の作業を見守ることになるからな……さっきの荷物、同姓同名の別人じゃなかったぞ。目覚まし時計には中井の指紋がべったり付いてたし、やつの部屋を調べたら、メモと同じイラストが出てきた。加えて、爆弾を作ったような痕跡も」

周りに人がいるのか、途中から声をひそめ早口になる。

「ふうん」

「捜査会議で、『目覚まし時計は〝今日の午後五時に爆弾を起爆させる〟のメッセージ、メモは〝仕掛けた場所を探せるものなら探してみろ〟というヒント』ってことになったんだ。中井の足取りを追う一方、ヒントの意味の解析も始めたんだけど、あのイラスト、ロボットの顔に見えねえか？」

問いかけられ、さくらはスマホを下ろして操作し、画像を表示させた。今朝はあのあと元加治に箱を渡して会議室に来たのだが、話のネタにとメモと時計の写真を撮っておいた。

「言われてみれば。かわいくないし、子どものイタズラ描きみたいだけど」

画像のイラストを眺め、返す。大きな四角が顔の輪郭、中の二つの四角が目、下の横長の四角は口ということか。

「ああ。だが中井に子どもはおらず、データベースでテロリストやカルト集団、暴走族なんかのマークと照合しても該当しなかった。で、やつの経歴を洗い直したら、高校卒業後バイトを転々としてて、去年三ヶ月ぐらいだけど『スタジオコンテニュー』っていうゲームソフトのメーカーで働いてたとわかった。さっそく駆けつけた本社がここ、って訳だ。デカくてしゃれたビルの最上階でさ。外壁が真っ黒で、窓が蜂《はち》の巣みたいな形なんだ。窓もデカくて、そっちがよく見えるよ」

「あっそう」

露骨に関心なさげに返したつもりだったが、元加治は続けた。

「だが社員を退避させて調べても爆弾は見つからず、当時の上司と同僚に聞き込みしたら『中井くんは届け物や資料作りなんかの雑用しかしてないし、休み時間も、ぼんやり窓の外ばかり見てた。トラブルは思い当たらない』そうだ。じゃあロボットの顔は？　と思って発売したゲームを全部調べてもらったが、該当するキャラクターは登場しない。ただ、同僚の一人が『なにかの打ち上げで中井くんと隣になった。酔っ払って〝会社の近所のカフェでバイトしてる女の子に一目惚《ひとめぼ》れして勇気を出して告ったのに、無視された〟ってグチってた』と話してたのが引っかかるが、この近辺にカフェは何十軒もあるし、女の子のバイトも何百人といる。タイムリミットの午後五時まで、三時間ちょっとだ」

「長々語るヒマがあるなら、捜査した方がよくない？　ひょっとして、私に爆弾を見つけさせようとしてる？」突っ込みと疑問が胸に浮かんだが、沈黙を通した。

さくらも罪のない人が傷つくのはイヤだし、犯人には早く捕まって欲しい。でも手がかりはロボットの顔のイラストと、カフェの女の子だけ。加えて元加治からは、「頼む」とも「力を貸して」とも言われていない。「桜田門」の「さくら」の件で、ただでさえ低い労働意欲はがた落ちし、食後の眠気もあって「なんかもう、どうでもいい」という気になりつつある。正丸の「なくてはならないもの」ほどではなくても、なにかひと言、心のよりどころにできるような言葉が欲しい。

ぐるぐる考えながら黙り続けていると、元加治は声のボリュームを上げた。

「おい。聞いてるか？」

「聞いてるけど」

仕方なく返す。正丸はまだスラローム走行を続けている。蛍光灯の明かりを受け、デコアームカバーが波光のようにきらめいた。

「『タイムリミットは午後五時』って、どこかで聞いたことないか？　誰かさんと一緒なんだよなあ。この事件、ある意味誰かさんに対する挑戦と言えなくもないような」

白々しく語り続ける。プライドなのか照れなのか。彼らしいといえばらしいが、落胆と苛立《いらだ》ちを感じて、さくらは窓に背中を向けた。

「悪いけど、仕事があるから。あと、そこの会社で社員を募集してない？　雑用なら毎日やってるから、超得意」

「はあ？　なに言ってんだ。社員募集って、どういう――」

騒ぎだした元加治を無視し、電話を切った。

「スローイン、ファーストアウトだ！」

部屋の奥から正丸の声がする。

3

撮影は午後三時に終わり、カメラマンたちは引き揚げた。その後、さくらたちは掃除と備品を部屋に戻す作業に追われ、すべて終了したのは午後四時過ぎだった。

「あ〜、疲れた。明日、筋肉痛間違いなしだわ」

ぐったりして、さくらは窓枠に腰かけた。横に立った正丸は腰に両手を当て、ずらりと並んだ長机と椅子《いす》を満足げに眺めている。

「お疲れ様。なんとか二人でやり遂げたね。遅くなっちゃったけど、おやつにする？最近ネットで、ロールケーキとかカステラとかの切れ端を買うのにはまっててさ。でっかい袋に入って、これがあなた、たったの二千円。もちろん味も激ウマ」

「はあ。でもじきに五時だし、帰って寝たいかな」

「五時といえば、爆破予告事件はどうなったんだろう。新聞で読んだよ。容疑者の写真も載ってたけど、青白い顔して覇気のなさそうな子だよね。さっき元加治さんと話してたのも、それでしょ」

「ええ」

頷き、手にしたスマホを眺める。気になって撮影中に何度かチェックしたが、あれきり電話もメールも来ない。

「まだゲームメーカーにいるのかな。それはないか」

呟くとますます気になり、立ち上がって窓の外を見た。

日は傾き、オレンジ色の光が街を照らしている。並ぶビルの窓には明かりが点《とも》り、車道はラッシュアワーには少し早いが、混み合っていた。

ふと思い立ち、さくらは枠の上に置きっ放しになっていた双眼鏡をつかんだ。構えて、レンズを前方に向ける。正丸が近づいて来た。

「なにやってんの？」

「容疑者がバイトしてた会社のビルが、丸の内にあるそうなんです。向こうから庁舎が見えたみたいだから、こっちからも見えるかも」

答えながらレンズの位置を動かし、ピント合わせリングも回したが、上手くいかない。

「それじゃダメだよ。貸して。どんなビル？」

正丸に双眼鏡を奪われた。枠に片膝をつき、レンズを窓ガラスに近づけて外を覗《のぞ》く。

「大きくて真っ黒で、窓が全部蜂の巣みたいな……八角形？」

「残念！　蜂の巣は六角形です。雪の結晶や、サッカーゴールの網と同じ——おっ、あれかな。派手だねえ。すごく目立つよ」

「どこですか。私も見たい」

さくらも枠に膝をついて身を乗り出した。位置がズレないように注意しながら正丸から双眼鏡を受け取り、改めて覗く。

日がさらに傾いたので輪郭は少しおぼろげだが、丸い視界の真ん中に黒く細いビルがあり、壁に蜂の巣型の窓がずらりと並んでいた。

「ははあ。確かにカッコいいですねえ。中もきれいで眺めも抜群だろうし、ああいうオフィスでなら、私もバリバリと」

「ないない。隙をみちゃサボって、物陰でお菓子をボリボリやるに決まってる」

「ひど〜い。野良ネコじゃないんですから」

憤慨して立ち上がり、レンズの位置を変えて周囲を眺める。丸の内にはお使いや食事で時々行くが、建物をじっくり眺めるのは初めてだ。

「あれ？」

引っかかるものを覚え、横に滑らせたレンズを元に戻した。

視界の奥に白く大きな高層ビルがそびえ、手前に低いものが一つ。どちらもとくにおかしな点はないが、手前のビルが気になり、ズームアップした。

七階か八階建てだろうか。日比谷通りから少し奥まった場所で、前の建物が邪魔で全体像は見えないが、横長で総ガラス張り。窓際に長いエスカレーターがあり、外壁にテナントの看板らしきものが並んでいる。もっとよく見ようと背伸びすると、屋上が視界に入った。ビルの形と同じ横長の四角いスペースで、コンクリートの床の上に箱形の設備機器が載っている。ありふれた光景だが、なぜか目が離せない。指が勝手に動き、髪の毛をくるくると巻きつけた。

「どうかした？」

「すみません。脚立を持って来て下さい」

怪訝《けげん》そうにしながらも、正丸は持って来てくれた。礼を言い、さくらは窓の前に脚立を立てた。パンプスの足を最上段手前のステップに載せてまたがり、双眼鏡をビルに向ける。目線が高くなったので、屋上の全貌《ぜんぼう》がわかった。

給水タンクらしきクリーム色の大きめの立方体が、少し間隔を空けて左右に並んでいる。右斜め下の白く横長の直方体は、機械室か。

「どこかで見たことがあるような、ないような」

「危ないよ、早く下りて」

正丸に促されたが、さらに眺めた。

「人も車も、ゲームの駒みたいでリアリティないですね。建物も、さっき正丸さんが言ってたように——」

「アップにしたり上から見下ろしたりすると、全然違って見えて面白い」そう続けようとしたとたん、頭の中でバチバチと火花が散った。同時に浮かび上がる、一つの映像……。

「きた！」

体をねじり、振り向く。その拍子にバランスを崩して脚立から落ちそうになり、正丸が慌てて支えてくれた。

「ほら、言わんこっちゃない。えっ、なに。いつものやつ？」

首を大きく縦に振り、さくらは双眼鏡を手に窓を見た。

「真実はいつも一つ！」

「出ました、他人《ひと》の名台詞！　マンガの『名探偵コナン』だよね。娘が好きでさあ。いいけど、体を起こしてくれない？　手が痺《しび》れて」

「丸の内を見て下さい。さっきの蜂の巣のビルの左奥。ちょっと離れてますけど、ガラス張りの低層ビルがあるでしょう」

体を起こし、さくらは脚立を下りた。入れ替わりに、正丸がステップを上がって双眼鏡を構える。

「どこどこ？　……はいはい。窓際に長いエスカレーターがあるところね」

「そう、そこ。屋上を見て」

「え～と……ほい、見たよ。暗くなってきてはっきりしないけど、タンクとか載っててごく普通」

「じゃあ、今度はこっち」

早口で告げ、さくらはスカートのポケットからスマホを出して操作し、画面を見せた。表示されているのは、目覚まし時計に添えられていたイラストだ。首を伸ばして目を細め、正丸は見入った。

「ひょっとして、あの屋上？」

「正解！　顔に見えるでしょ？　輪郭が塀で目は給水タンク、口は機械室」

「じゃあ、あそこに爆弾が!?」

「間違いないです。元加治くんが、中井は『ぼんやり窓の外ばかり見てた』って言ってたし」

「大変じゃない！」

慌てて、正丸は脚立を下りた。はっとして、さくらはスマホの時計を見た。時刻は午後五時十五分前。

「元加治くんに知らせなきゃ」

「いや。ビルの名前と住所を調べるのが先――ええと、あそこがお濠で、向こうのビルが明治生命館だから」

自分のスマホを出し、ぶつぶつ言いながら操作していく。地図アプリで調べているようだ。脇に回り込んでさくらが画面を覗こうとした矢先、正丸は指を止めた。

「どうしたんですか？」

「あのビル、『キャナルフォート』っていうみたい。レストランとか、ブティックが入ってる商業施設。でもここ、確か秋津さんが」

「イベントの会場!? まずいじゃないですか!」

「電話して、大至急!」

鼓動が速まるのを感じながら、さくらは秋津の番号を呼び出しスマホを耳に当てた。しかし、留守番電話。続けてかけた元加治も同じだ。双方ににメッセージは残したが、焦りはどんどん増していく。

「私、刑事部に行きます」

「ダメだよ。久米川さんが元加治さんを身代わりにして謎解きしてるって、誰も知らないし。説明してる間に五時になっちゃう」

「じゃあ、どうしたら」

パニックを起こしかけ、さくらは正丸と窓の外を交互に見た。シミ・シワ一つない、剝きたてのゆで卵のような顔を引きつらせ、正丸は視線をさまよわせた。

「どうって、なんとかしないと——よし。かくなる上は」

力んだ声で呟き、駆けだした。机の脇の通路を進み、突き当たりの壁にかけられたスクリーン、隣のホワイトボードの前を通り過ぎる。その先には、撮影で使ったママチャリが置かれている。

「えっ、まさか」

　さくらが意図を察するのと同時に、正丸はママチャリのハンドルを握りスタンドを外した。そのままママチャリを押し、ドアに向かう。

「課長！」

「久米川さんはここに残って！　秋津さんと元加治さんに電話し続けて」

　そう告げて、正丸はドアを開けて会議室を出た。

「タクシーで行った方が早いんじゃ」思いはしたが机と机の間を走り、さくらもドアに向かい外を覗いた。

　二十メートルほど先に、ワイシャツの背中が見えた。ママチャリにまたがった正丸が、廊下をエレベーターホールの方向に疾走する。すれ違う人が驚いて飛び退《の》き、落とした書類が床に舞う。

　角を曲がり、正丸の姿は見えなくなった。状況を飲み込めないまま、さくらは元来た道を戻って窓際に立った。

窓枠に寄って外を見下ろしながら、秋津と元加治に繰り返し電話をかけた。依然二人とも応答はなかったが、三分ほどすると警視庁庁舎の正面玄関から正丸が出て来た。サドルを下りてママチャリを引き、小走りでアプローチを進んで門を抜け、庁舎の前を走る桜田通りに出る。ハンドルをつかみ、ペダルに片足を載せて再びサドルにまたがりながら、桜田門の交差点に向かう。一緒にさくらも窓枠に沿って移動し、ガラスに顔を押しつけて正丸の後ろ姿を追った。

ちょうど青だった横断歩道を渡り、向かいの歩道に着いたところで正丸はハンドルを右に切って内堀《うちぼり》通りに入った。歩道の脇はお濠、その奥は皇居と皇居外苑だ。

歩道はまっすぐで道幅も広い方だが通行人と自転車が多く、そのうえ等間隔で植えられた柳の枝が風に煽られてぶつかってくるので、正丸は思うように進めない様子だ。度々ハンドルを切り、ブレーキをかける。残り陽《び》はわずかで距離も遠ざかって行くため、会議室からは見えにくくなった。肉眼は諦め、さくらは双眼鏡を手にした。

ピント合わせとレンズ越しに姿を探すのに手間取り、視界にとらえた時には正丸は既に祝田橋《いわいだばし》の交差点を抜け、外苑脇を走っていた。外はさらに暗くなり、車道を挟んで向かいに広がる日比谷公園の樹木も邪魔だが、正丸のデコアームカバーが街灯の明かりを反射するので、かろうじて位置だけは確認できる。それでも突き当たりの日比谷通りとの交差点の手前で、正丸は完全にさくらの視界から消えた。

諦めきれずレンズの位置を変えたり背伸びしたりしていると、手の中のスマホから、ポニーテールリボンズの「おじさんおばさん」の着メロが流れだした。

「課長？　今どこですか」

「日比谷交差点で、信号待ち。どう？　秋津さんたちはつかまった？」

荒く息をしながら問いかけてくる。双眼鏡を下ろし、さくらは答えた。

「まだです。その交差点を渡ったら、丸の内ですよね？」

「うん。でもこの先もっと人と車が増えて、歩道は狭くなる。あと七分しかないのに」

最後は固く押し殺した声になる。さくらも胸を締めつけられたが、同時にもどかしさと苛立ちも覚えた。スマホを構え直し、訴える。

「『まだ七分もある』です。諦めちゃダメ」

「わ、わかってるよ。でも、どうすれば」

「いま考えます！」

噛《か》みつくように返し、一旦《いったん》スマホを下ろす。

必死に頭を巡らせ、画面を切り替えて並ぶアプリのアイコンを眺めた。また指が動き、髪の毛をくるくると巻き付ける。策は浮かばず、追い込まれたような気持ちで、目に付いた地図アプリを立ち上げた。

現在地の東京都千代田《ちよだ》区霞《かすみ》が関《せき》が表示されたので、スクロールさせて丸の内のいま正丸がいるあたりに切り替える。画面左に薄緑で皇居外苑、スカイブルーでお濠が表示され、それを囲むかたちの晴海通りと日比谷通りは黄色だ。中央には淡いベージュで色づけされた大小のビルが並び、まっすぐ縦横に延びる道路は白、一方通行が多いので矢印も振られていた。ほとんどの通りを一度は歩いていて、位置関係も把握している。しかし地図上だと、これまでは気づかなかったものも目に入る。

一か八《ばち》かだ。決意し、さくらは通話をスピーカーに切り替えた。

「課長。そのままオフィス街に入って下さい。私がナビします」

「キャナルフォートの場所なら、知ってるよ」

「地図を見たら、裏道が結構あるんです。上手く使えば間に合うかも」

「そうか。うん、やろう……信号が変わった。じゃあ行くよ」

「はい。このまま電話を切らずに、スピーカーにして下さい」

「了解」

ごそごそと音がして、聞こえていた車の音や人の話し声がくぐもったものになる。スマホをワイシャツの胸ポケットに入れたらしい。

車と話し声にママチャリのタイヤが回るシャーという音が重なり、正丸が走りだしたのがわかった。

「日比谷通りに入った。丸の内警察署の前だよ」

声を張り、正丸が報告する。地図の同じ位置に指を載せ、さくらは返した。

「右折して、丸の内署の脇の通りに入って下さい。で、一本目を左折」

「OK……えっ、すごく細くて暗いよ。しかも、裏口にトラックが」

「いいから、直進！」

返事はないが、周りの話し声が途絶えシャー音が大きくなったので、左折してビル裏の通りに入ったようだ。道が悪いのか、タイヤががたごといい、正丸の息づかいも震える。

「わっ！」

正丸の声に、つんざくようなクラクションと風を切る音が重なった。真横をトラックが走り抜けて行ったのだろう。

「危なかった～。もう、勘弁して」

ぼやかれたが無視して、さくらは次の指令を下した。

「そこを抜けたら左折して、大きい通りに出て」

「えっ。でも、キャナルフォートから遠ざかっちゃうよ」

「少し行くと、大きい通りを信号なしで渡れる横断歩道があるんです。車は多そうですけど、気合でなんとか」

「そんな無茶な……。本当だ。びゅんびゅん行き交ってる。信号待ちした方が早いんじゃ。久米川さん、『地図が読めない女』ってやつ？　あれ、これ、セクハラ？」

「あと四分！」

かぶせるように告げると、正丸は黙りシャー音が大きく速くなった。

「すみませ～ん！　ある意味、緊急車両で～す！」

車道に出たのか、大声で訴え片手を振り回しているような気配もあった。続いて、左右から急ブレーキとヒステリックなクラクションの音、男性の怒鳴り声が上がる。

それにいちいち、正丸が「ひ～！」「許して！」「ごめんなさい！」と反応する声も届いた。

「わ、渡ったよ！　どうすんの!?」

騒音が遠ざかり、正丸に問われた。ヤケクソになってきたのか、声が裏返っている。

「前方に、同じ形のビルが二つ並んでるでしょう。間の道に入って」

「おう。『私有地につき、通り抜け厳禁』って札が立ってたりするけど、知ったこっちゃねえよ」

無理は感じられるが、勇ましく答える。カシャカシャとペダルを踏む音もした。

「あんた、ダメだよ！」

ガードマンだろうか。男性の尖《とが》った声が接近する。

「ちょいと邪魔するぜ！」

なにかのキャラを演じて、焦りと罪悪感をごまかしているのか。正丸は威勢よく返し、ペダルとタイヤの音が速く大きくなった。

「きゃっ！」

「バカ野郎！」

通路を歩く人のものと思しき声も聞こえる。通路の中央に植え込み等があって間を縫って走っているのか、タイヤが軋《きし》む音が右に左にと移動する。さくらの脳裏にさっきの正丸の、なめらかかつ機敏なスラローム走行が蘇った。

「突き当たったところが、キャナルフォートです。がんばって！」

「困った。前に半端な速さで走るバイクがいる……ちょっと、どいて!!」

訴え、さかんにベルを鳴らす音もした。しかし、バイクはどかないようだ。

「そんな。秋津さんが」

焦り、さくらは地図を見直した。しかし、他に道はない。

すう、と正丸が息を吸い込んだのがわかった。続いて、ごつん。スマホがハンドルらしき固いものにぶつかり、ペダルを踏む音とタイヤの回転音がさらに大きく速くなった。腰を浮かせ、立ち漕ぎを始めたのだ。

びゅんびゅんと風がスマホのマイクにぶつかり、歯を食いしばっている様子の正丸のうなり声と息づかいが届く。バイクのエンジンの音が、どんどん近づいて来る。

「ぬお〜〜〜〜っ！　な、何人《なんぴと》たりとも、俺の前は走らせねえ!!」

またもや、マンガかドラマの台詞だろうか。震える声が響き、エンジンの音がマイクのすぐ近くに聞こえた。

「えっ。まさか、バイクを抜いてる⁉　ママチャリで？」

ついさくらも叫んでしまう。どれぐらいの排気量のバイクで、速度も何キロかはわからないが、想像するだけでもすごい。手のひらをおばさん臭く上下させ、お茶をすすりながら噂話《うわさ》に興じる姿とは別人だ。

甲高く耳障りなブレーキ音がして、低く細く、なにかがすれるような音が続いた。さくらの脳裏に、今度はブレーキを握って車体を横倒しギリギリまで傾け、白い煙を上げてアスファルトにタイヤ痕を残しながら、ママチャリの後輪を豪快にドリフトさせる正丸の姿が浮かぶ。その直後、

「よっしゃー‼」

と太い声がして、自転車が倒れたのがわかった。そしてぶつりと、電話は切れた。すぐにかけ直したが応答はなく、秋津たちも留守電のままだった。居ても立ってもいられず、さくらはスマホを弄《いじ》った。

ニュースサイトには、中井の事件は載っていなかった。続いて、「キャナルフォート　イベント」「キャナルフォート　事件」をキーワードにネット検索をかける。ヒ

ットしたのは二十五周年イベントの告知ばかりだったが、中に一つ気になるサイトを見つけた。

タップして開くと、上に「TOKYO ストリーム」とあり、脇に「誰でもいますぐ生放送！　無料動画ライブ配信サイト」と添えられていた。下にはイラストや写真の表示された四角い枠が並び、中ほどに「俺日記」というタイトルのものがあった。説明文は、「丸の内にメシ食いに来たらイベントやってるから中継する」。迷わず、枠をタップした。

画面が切り替わり、映像の大きな枠が現れた。手前に、たくさんの人の後頭部と背中の映像。奥にステージが見え、人影がある。その後ろのボードには、「おかげさまでキャナルフォート　開業25周年」という看板が掲げられていた。一階の広場らしく、奥にはベンチと椅子が置かれ、人が行き交っている。

「――という訳でイベントの目玉、『ミスキャナルフォートコンテスト』が行われて今年のミスが決まりました。ステージには、歴代のミスが勢揃いしてます」

男性の声がして、枠の左上に誰かの指が映り込んだ。動画の配信主で、スマホで撮影しているようだ。

と、がさごそと音がして画面に若い男の子の顔が大写しになる。長めのフロント部分が鬱陶《うっとう》しそうな茶髪のレイヤーカットに、凹凸に乏しい顔。濃紺のブレザー姿なので、高校生だろう。

「でも、いまいちじゃね？　俺は去年の人の方がいいな」

「バカ。邪魔すんなよ……ちなみに僕の推しは、二〇一一年の人。あと二〇〇九年も」

手のひらで顔を押して男の子をどかせ、配信主がコメントする。同時にカメラがズームして、ステージに寄った。

手ブレはひどいが画像は鮮明で、中央に司会者らしきマイクを片手に持った若い男性と、赤いミニ丈のエプロンドレスを身につけた若い女の子が並んで立ち、左右にもずらっと女の子がいるのがわかった。みんな飲食店のユニフォームらしきブラウスやミニスカート、ショートパンツ姿で頭に小さなティアラを載せ、胸には西暦で年号が書かれたバッジをつけていた。司会者に語りかけられ、今年のミスと思しき赤いエプロンドレスの女の子が、白い歯を見せて答える。他のミスたちも、みんな笑顔だ。

「秋津さんは!?　課長も。どこ？」

さくらはミスたちの顔に視線を巡らせた。

さくらの問いかけに答えるように、司会者が反対側の隣の女性にマイクを向けた。

「では、初代から今年のミスにひと言お願いします。これから一年、キャナルフォートの『顔』となる訳ですが、必要な心がけなどありますか？」

「……そうですね。強いて言うなら」

たっぷりためをつくってからの、気だるく甘い声。間違いない。秋津だ。

つい呼びかけてしまったが当然秋津は反応せず、首を十度傾けてこう続けた。

「逃げて！　危ない」

「『NOと言える日本』の女性としての誇りを持って、『24時間戦えますか』と己に問い続ける、とか？」

締めに顔に落ちた前髪を掻《か》き上げる。司会者は「な、なるほど」と笑っているが、今年のミスはポカ〜ン。「NOと〜」も「24時間〜」も元はなにかわからないが、「懐かしの流行語」的な雑誌の特集で目にした記憶がある。

秋津は白いブラウスに黒いミニスカート、フリルたっぷりの白いエプロンという姿で、他のミスたちがボトムスの下にストッキングやレギンスを穿《は》く中、一人だけ生脚。

さすがの脚線美でスタイルも抜群だが、いかんせんまとう空気が古い。ステージの下にはスマホやデジカメを構える人がいて、ミスたちに声をかけてはシャッターを切っている。秋津にも時々声がかかり応えているが、他のミスは今風の「アヒル口」や「虫歯ポーズ」なのに、秋津はひねった腰と首の後ろに手を当て、唇をすぼめて流し目。昭和臭むんむんだ。

またブレザーの男性の声がした。

「初代ミス、よくね？　俺、全然イケる」

「マジ!?　確かに美人だけど、どう考えても歳《とし》は俺らの母親――」

配信者の言葉を遮るように、小さな悲鳴が上がった。観客たちが振り向き、画面も動く。

「く、来るな！　殺すぞ」

うろたえた男性の声が続き、観客たちがざっ、と左右に割れた。真ん中には男性が一人。背がひょろりと高く、四角い顔は真っ白。黒いパーカにジーンズ、頭に黒いニットキャップという格好で、手にドラムバッグとスマホを持っている。

「中井くん、待って！」

進み出た誰かが、男性の向かいに立った。後ろ姿で顔は確認できないが、襟足を刈り上げた白髪交じりの髪と、ワイシャツを汗で貼り付つかせた背中は、さくらが探していた人のものだ。

「課長！」

画面に向かって叫ぶ。時刻は午後五時ジャストだ。

「爆弾を持ってる。俺がスマホのリダイヤルボタンを押したら、爆発してみんな死ぬぞ！」

わめきながら中井はファスナーを開け、バッグの中身を周りに見せる。たくさんの金属製の筒と、導線。パイプ爆弾だ。パイプの上にもスマホが取り付けられ、下にはリモコン式の起爆装置らしき黒い箱もあった。

「えっえっ、なに？」

「どうなってんの？」

画面が大きく揺れ、配信主たちが騒ぐ。他の観客たちもざわめき、じりじりと後退していった。しかし、

「動くな！　ボタンを押すぞ」

という中井の声で、ざわめきも後退もぴたりと止まった。中井はさらに言う。

「誰もビルから出るな。警察も呼ぶなよ。ただし、写真や動画は撮れ。日本中に見せてやる。みんな一緒に死ぬんだ」

続けてさくらのスマホのスピーカーから、ブレザーの男の子と配信者の戸惑ったようなやり取りが流れた。

「あれ、ドッキリだよな。バラエティー番組かなんかだろ？」

「知るかよ。でも、『撮れ』って言うんだから、撮ろうぜ」

揺れが収まり、画面に中井と正丸が戻った。観客たちもイベントの演出かどうか判断できず、戸惑っている様子だ。ミスたちも顔を見合わせ、司会者はしきりにステージ袖にいるらしいスタッフに目をやった。そんな中、秋津だけが呆然《ぼうぜん》としながらも正丸を見つめている。

「うんうん、いいよ。こうなったら、好きにやっちゃいな。でも、本当は誰もキズつけたくないいんじゃない？　『僕はここにいる』『無視しないで』って、伝えたいだけなんだよね」

こくこくと頷き、胸の前で腕を組んで正丸は中井に返した。カフェの女の子に関しては知らないはずなので、当てずっぽうか。鋭いが、繰り出されたフレーズは青臭く、人生相談かJ-POPの歌詞のようだ。

「うるせえ！　おっさんに、なにがわかる」

案の定、中井がキレた。しかし、一瞬ちらりとステージに目を向ける。すかさず、正丸は言った。

「あ、ひょっとして伝えたい人はここにいる？　はいはい、合点承知《がってんしょうち》の助《すけ》」

余裕があるのか、テンパりすぎてテンションがおかしくなっているのか。さらに頷く正丸を、スマホを突き出し中井が睨《にら》む。

「うるせえって言ってんだろ！　死にてぇのか」

「滅相もない！　でも、僕も同じだからさ」

「ウソつけ。その手に乗るか」

「ホントだって……あのさ、よく『四十にして惑わず』って言うでしょ？　あれ、ウソだから。四十どころか五十過ぎても、もう迷いっぱなしの大迷宮。おかげで、職場じゃ窓際の厄介者」

ぺらぺらと捲《まく》し立てる。勢いに圧《お》されたのか、中井は黙った。

「バカバカしくなって、迷うのも悩むのもやめちゃった。でも似たような人は結構いて、仲間もできたよ。だって世の中、エリートより落ちこぼれの方が断然多いんだもん。でしょ？」

タオルハンカチで汗を拭《ぬぐ》い、お得意の手のひらで肩を叩くようなポーズも交えて、喋《しゃべ》り続ける。無言のまま、中井はそれを見返した。

「『ふざけるな。結果がすべてだ』なんて言われたりもするけど、それはほら『お互い様』。こっちだって楽するために一生懸命、ダラケることに全力投球！　だからね。でまあ、なにが言いたいかっていうと」

正丸の声が落ち着いたものに変わり、シワだらけのワイシャツの背中もぴんと伸びた。

「世の中、意外と隙間や穴が多いってこと。きみがバイトしてたビルの、蜂の巣に似た窓みたいにね。下ばかり見て、気づかなかったんじゃないかな。『上を向け』とは言わない。でも少しだけ、目線をずらしてごらん。きっと違う景色が見えるよ」

淡々とした口調だが、迷いはない。中井はまだ無言。しかし感極まったように眉《まゆ》を寄せ、肩も少し震えている。

課長、すごい。さくらも、自分の胸が震えているのに気づく。

いつもこんなこと考えてたの？　それとも説得のため？　ううん、どっちでもいい。すごくカッコいいし、大賛成。とくに、「楽するために一生懸命」ってところ。

そう、隙間や穴だって立派な居場所。そらさずに何かを見つめる眼差《まなざ》しを忘れないで、同じ風を受ける仲間がいれば。

「……深いな」

「ああ。なにげにな」

ぽつりと配信者がコメントし、ブレザーの男の子はため息をついた。いつの間にか広場は静まりかえり、みんな正丸の話に聞き入っている。

「だから、ね？」

優しく促し、正丸は右手を前に差し出した。怯《ひる》むように身を引きかけた中井に、さらに声を和らげて告げる。

「大丈夫。まだ間に合うよ」

目を開いて正丸を見返したまま、中井の腕がのろのろと上がる。そっと正丸は手を伸ばし、まずスマホ、次いでバッグを受け取った。そして中井に歩み寄ろうとした刹《せつ》那《な》、観客たちの中から複数の黒い影が飛び出した。

「行け！」

「おい！」

さくらが聞き取れたのはそれだけ。ダークスーツの男性たちで、刑事だろう。先頭を切ったのは元加治だ。たちまち元加治たちは中井に飛びかかり、床に組み伏せた。正丸も肩と腕をつかまれ脇に避《よ》ける。再び悲鳴が上がり、観客たちは四方八方に走った。

4

午前九時。天井のスピーカーのチャイムが、始業を告げた。少し間を置き、朗らかなイントロが流れだす。童謡の「桃太郎」だ。続いて、妙にハイテンションな女性の声が言った。

「歌い出しは七回。まず、左から——ほら、トントントントントントントントントン！」

始まった子どもの歌に、女性がリズムを取る声が重なる。それに合わせ、さくらは軽く握った右の拳《こぶし》で左肩を叩いた。寝ぼけているので足がふらつき、前にある自分の席に突っ込みそうになる。

「いたた……五十肩に響く」

傍らで正丸が顔をしかめる。さくらと同じように自分の席の前に立ち、ワイシャツの肩を叩いている。秋津も同様だが、垂れ下がった前髪が邪魔で表情は窺《うかが》えない。

歌は続き、女性がさらに言った。

「次は右。それ、トントントントントントントントントーン」

手を替え、さくらたちは左手で右肩を叩いた。が、さくらはあくびをした拍子に手元が狂い、拳で自分の頰《ほお》を打ってしまう。

「ぎゃっ！」

たちまち目が覚め、頰を押さえた。正丸も右肩を叩きながら、まだ痛みを訴えている。ふう、と向かいで秋津がため息をついた。外はからりとした晴天だが、業務管理課はいつも通り薄暗く、埃《ほこり》っぽく、ちょっとカビ臭い。

さくらたちが痛がっている間に、歌は終わり女性の声もやんだ。

「お疲れ様でした。今のが犯罪抑制対策本部考案の、『振り込め詐欺防止　頭すっきりエクササイズ』です。全国のお年寄りにアピールしていく予定なので、職員のみなさんもご協力お願いします」

男性のアナウンスが流れ、放送が終わる。既に一仕事終えた気分でさくらが席に着こうとした時、ノックの音がしてドアが開いた。

「おはようございます」

「おお、元加治さん。朝からどうしたんですか」

「正丸さんに、お届け物。あとはお知らせも」

「僕に？」

「また文書収集室が間違えて、ここ宛のがうちの棚に紛れ込んじゃったみたいで」

言いながら歩み寄って来て、封筒を渡す。

「こりゃ、わざわざすみません」

恐縮して机の引き出しを開け、正丸はハサミをつかんだ。封筒は大型で、串に刺した団子を持ったサルのイラストが入っている。中身が気になり、さくらは正丸の元に向かった。

封筒の中から現れたのは、長さ三十センチほどのアームカバー。飾り気のない白い木綿に、黒い漢字がぎっしりと並んでいる。

「暴走族？　果たし状？」

「中国語じゃないかしら」

さくらが首を傾げ、前髪を掻き上げて秋津も覗く。正丸は首を横に振った。

「いやこれ、般若心経《はんにゃしんぎょう》だよ。ほら、『色即是空』『不生不滅』ってあるでしょ。お手紙もある。どれどれ――『島根県在住の八十代の主婦です。貴方様《あなた》のご活躍をニュースで拝見し、心を打たれました。趣味で写経をしておりますので、腕貫《うでぬき》に仕立ててお送りします』だって。いやあ、ありがたいね。早速使わせてもらいましょう」

頭上に掲げて一礼し、いそいそとアームカバーを装着した。「あら、ステキ」「渋いじゃないですか」と秋津、元加治に褒められ正丸は満面の笑みだが、さくらの胸には「確かに渋いけど、怪談の『耳なし芳一《ほういち》』っぽくない？」という突っ込みがよぎる。

キャナルフォートの騒動から二週間。あのあと中井は逮捕され、すべてを自白した。ひと月ほど前。中井は偶然ネットでキャナルフォートの公式サイトを見て、二十五周年のイベントと、かつて自分を無視した女の子が歴代のミスの一人であることを知り、怒りを再燃させた。そこでホームセンターでバイトし、材料を盗んで爆弾を作って当日会場に出かけた。捜査一課に時計とメモを送ったのは挑発と自分を鼓舞するためで、「なにをやっても上手くいかず、追い込まれていくようで自分も周りも消してしまいたかった。でも会場でおじさんに声をかけられ、『こんな大人もいるんだ』と気持ちが楽になって、罪悪感も湧《わ》いた」とも話しているそうだ。

一方あの日、元加治は、「スタジオコンテニュー」の聞き込みを終え、周辺のカフェを回ってバイトの女の子を探していた。午後五時前になってさくらのメッセージに気づき、他の捜査員にも連絡してイベント会場に急行。が、中井を見つけたとたん、なぜか正丸が現れて彼に話しかけた。大混乱になりながらも見守り、取り押さえるタイミングを計っていたという。

マスコミは事件を大きく報道し、配信者が連絡したのか「俺日記」の動画もニュースで繰り返し放映された。結果、「お手柄警察事務職員」として正丸に取材が殺到。「トレードマークはアームカバー」と伝えられるやいなや、日本中から色も素材もデザインも様々なものが送られて来るようになった。

「刑事部から表彰されるかも。私やみんなの命を救ってくれた、ヒーローですもの」

席に戻り、秋津が言う。

「とんでもない。警察職員、ひいては人として当然の行いですよ。それに、本当のヒーローは久米川さん。さすがに今回は名乗り出た方がよくない？　謎解きも僕と元加治さんがやった、ってことになってるけど」

「あ、パスで」

正丸にあっさり返し、さくらはパソコンを弄りだした。隣に来て、元加治がわめく。

「しれっと言うな、しれっと！」

「『お知らせ』ってなに？」

うるさいので話題を変える。口を開けてなにかわめきかけたがやめ、元加治は正丸たちに向き直った。

「実は僕、フランスのインターポール本部での研修を命じられました。期間は二年で、出発は来月」

「そりゃすごい！　超エリートコースじゃないですか。がんばって下さい。僕らのためにも」

「僕らのためにも」にことさら力を込めて言い、正丸は元加治の肩を叩いた。

「インターポールか。アランにジャン、ジェロム。『遠い日の花火』ってやつね……

おめでとう。でも、寂しくなるわ。ねえ、久米川？」

遠くを見て呟いた後、秋津が思わせぶりな目をこちらに向けた。しかしさくらは、

「はあ」

としか返せない。驚きはしたが「インターポール」という存在が大きくて遠すぎ、現実感がない。それでも元加治に見られているのがわかり、なにか言わなくてはという気持ちになった。

「だからこの間、外国の人と話してたんだ」

「なんだ、それ」

「でもため息をついて、厄年がどうのって言ってたわよね。ひょっとして、自信がないとか」

「当たり前だろ！　――いや、『ピンチはチャンス』とも言うし、ここまで来たらやるしかない。それはわかってるんだよ。『紳士の国』の極意も学べるし、『フレンチシック』ってのにも、前から惹《ひ》かれてたしな」

俯《うつむ》いて独り言のように語り、元加治はジャケットの前を開いて、片手をワイシャツの腰に当てた。

珍しく三つ揃いではなく、パンツはクリップの部分が二股《ふたまた》になったサスペンダーで吊《つ》っている。これまた「紳士のマストアイテム」と推測されるが、童顔と高すぎるウエストの位置が災いして、「写真館のウインドウに飾られている、男児の正装ポートレートの見本」に見えなくもない。

「『紳士の国』って、イギリスじゃなかったっけ」

つい言うと、元加治が振り向いた。

「うるさい！　それもこれも、全部お前のせいだからな。腹黒く突っ込んでる余裕があるなら、責任を取れ。俺と一緒にフランスに行きやがれ！」

なにかが弾《はじ》けたように、さくらを見下ろして捲し立てる。うるさい上に偉そうだが、目は必死。こんな元加治は初めてで、面食らってしまう。胸の鼓動が速まるのもわかり、二週間前の事件と同じだが、あの時のような焦りはない。代わりに恥ずかしさと、形ははっきりしないのに、輝くように明るくふわふわしたものを感じた。

「ちょっと、聞いた!?　今のひょっとして」

「そう。Demander en mariage。意味はフランス語の辞書参照」

立ち上がって正丸が騒ぎ、秋津は無表情に答える。慌てて、元加治は首と手のひらを横に振った。

「いやいやいやいや！　まさかそんな。なんで俺が、久米川なんかに」

「うん。それもいいかも」

気づくと、言っていた。正丸、秋津、元加治が同時にさくらを見る。

「えっ!?」

「課長のお陰で『桜田門』の『さくら』もアリかな、って思えたところだけど、『凱《がい》旋《せん》門《もん》のさくら』の方がおしゃれだもんね。おいしいものも、たくさんありそうだし」

ふわふわしたものに押され、浮かんだままを口にした。我ながら、ナイスアイデアだと思う。

クレープ、エクレア、ババロア。映像も浮かび、ふわふわはさらに輝きを増す。朝ご飯はたっぷり食べたのに、お腹がぐう、と鳴った。

「タ、タコ。なに言ってんだ！　凱旋門はパリ。インターポールの本部はリヨンだ！……お前、マジか？」

正丸たちを気にしつつ元加治はわめき、最後は小声で囁《ささや》く。さくらは机の上の封筒と財布をつかみ、立ち上がった。

「お使いに行かなきゃ。課長、今日の三時のおやつは私が買ってきますね」

「おい、待てよ！」

うろたえまくりの元加治の声が、背中にぶつかる。それが面白く、照れ臭くもあって振り向きたいけど、振り向けない。

マドレーヌ、マロングラッセ、マカロン。心で唱え、パンプスのヒールが床を打つ音でリズムを取り、さくらは前へと駆けて行った。

本作品は、文芸WEBマガジン「ジェイ・ノベル プラス」で
二〇一四年一〇月一五日～二〇一五年三月一六日まで連載されたものです。

本作品はフィクションです。実在の人物・団体とはいっさい関係ありません。（編集部）

実業之日本社文庫　最新刊

実業之日本社文庫　好評既刊

動物《ペット》珈琲店《カフェ》ブレーメンの事件簿
蒼井上鷹
珈琲店に集う犬や猫、そして人間たちが繰り広げるドタバタ事件の真相は？　答えは動物だけが知っている！　傑作ユーモアミステリー
あ43

怪盗はショールームでお待ちかね
伊園 旬
その美中年、輸入家具店オーナーにして怪盗。セレブの絵画や秘匿データも、優雅にいただき寄付します。サスペンス＆コン・ゲーム。（解説・藤田香織）
い81

からくり探偵・百栗柿三郎
伽古屋圭市
「よろず探偵承り」珍妙な看板を掲げる発明家・柿三郎が、不思議な発明品で事件を解明!?　〝大正モダン〟な本格ミステリー。（解説・香山二三郎）
か41

モップの魔女は呪文を知ってる
近藤史恵
新人看護師の前に現れた〝魔女〟の正体は？　病院やオフィスの謎を「女清掃人探偵」キリコが解決する人気シリーズ、実日文庫初登場。（解説・杉江松恋）
こ31

コーヒーブルース　Coffee blues
小路幸也
このカウンターには、常連も事件もやってくる。そして店主と客たちが解決へ――。紫煙とコーヒーの薫り漂う喫茶店ミステリー。（解説・藤田香織）
し12

腕貫探偵
西澤保彦
いまどき〝腕貫〟着用の冴えない市役所職員が、舞い込む事件の謎を次々に解明する痛快ミステリー。安楽椅子探偵に新ヒーロー誕生！（解説・間室道子）
に21

実業之日本社文庫 か61

さくらだもん！ 警視庁《けいしちょう》窓際《まどぎわ》捜査《そうさ》班《はん》

2015年10月15日　初版第1刷発行

著　者　加藤《かとう》実秋《みあき》

発行者　増田義和
発行所　株式会社実業之日本社
〒104-8233　東京都中央区京橋 3-7-5 京橋スクエア
電話［編集］03(3562)2051［販売］03(3535)4441
ホームページ　http://www.j-n.co.jp/
DTP　株式会社ラッシュ
印刷所　大日本印刷株式会社
製本所　大日本印刷株式会社

フォーマットデザイン　鈴木正道（Suzuki Design）

ISBN978-4-408-55257-6（文芸）